Werner Neubert

Und wenn der Zügel reißt . . .

PRINZ AUGUST FERDINAND VON PREUSSEN
PRINZESSIN LUISE VON PREUSSEN
PRINZESSIN LUISE
VON BRANDENBURG-SCHWEDT
PAULINE
WIESEL
LUISE
KÖNIGIN VON PREUSSEN
FRIEDRICH WILHELM III
KÖNIG VON PREUSSEN

Werner Neubert

Und wenn der Zügel reißt ...

Ein Roman
um Prinz Louis Ferdinand
von Preußen

Militärverlag
der Deutschen Demokratischen Republik

Der
wirkliche Mensch
ist
die Reihe seiner
Taten

Hegel

Dieser Roman folgt
historisch verbürgten Ereignissen
zwischen 1786 und 1806.

Potsdamer Leben

EIN PRINZ

Er stand im hohen Roggenfeld und hörte die Trommeln. Die Regimenter marschierten. Durch die zitternden Halme hatte er einen flüchtigen blauen Schatten gesehen. Der König! Es war wie jeden Tag. Nur dieses Mal war er – Louis – allen entwischt. Ein Käfer lief ihm über die Hand, die fleckig war durch die Berührung mit Blumen und Disteln. Vögel strichen über ihn hinweg. Mit dem besternten König wäre er gern geritten. In der strahlenden Suite der Generäle. Danach kam immer das Manöver, dieses wundersame Spiel der Formen und Figuren mit tausend Husaren, Dragonern, Grenadieren . . .

Im Roggen wob er an dem Bild, das seinen Augen jetzt verwehrt war. Dabei ritt er schon recht gut, besser als der König, der keine Haltung zeigte oder sie wieder verloren hatte durch Gicht, Alter und den langen Krieg der sieben Jahre. Aber er war Louis Ferdinand Prinz von Preußen, trotzig und begabt, begnadet von der Wiege an. So jedenfalls hatte er es gehört, oder es auch hören sollen. Mit elf Jahren weiß man schon, wie es am Hof zugeht. Was ist ein Hof? Nichts anderes als ein Hühnerhof, soll Voltaire, der große Clown, dem König einmal geantwortet haben. «Aber ich bin nicht der Hahn», hatte der Hausherr hierauf dem dreisten Franzosen Bescheid getan, wie es die kichernde Runde in Sanssouci machte.

Trotzig sein, das hieß, man stampfte mit den Füßen auf, spuckte, zerkratzte einen Bedienten, warf ein Buch hin. Und begabt sein: Man saß geduldig am Klavier, ließ sich die Noten wenden, wagte das Spiel über sie hinaus wie im leichten Traum, stellte Variationen zusammen, lauschte ihrem Klang und ließ sie wieder verwehen.

Es roch das wogende Meer der Halme. Stünde jetzt sein Instrument hier, er würde sich daran setzen und spielen bis der blaue Schatten wieder vorbeiglitt. Der König ein Tyrann? Zu ihm, Louis, war er jedenfalls gut oder doch nicht schlecht. Jetzt, mitten im schützenden Feld, entsann Louis sich, wie er seinen Lehrern vor drei Jahren das erstemal entkommen war. Das war in Rheinsberg gewesen. Er trug rehbraunen Samt, seiden nur die Strümpfe und das goldfarbige Tuch um den Hals. Zuerst hatte er sich im Schloß versteckt. Als die Schar der Suchenden immer zahlreicher wurde, war er hinausgestürzt in das blendende Freie, einfach so los in den Wald. Dort empfing ihn das Brombeergesträuch, riß ihm die Hände und die Wangen blutig, zerfetzte den feinen Samt. Er hatte sich hingehockt und nachzudenken versucht. Wie — wenn er gar nicht mehr zurück, sondern immerzu tiefer in den Wald ginge? Ließe es sich so leben? Oder — wenn er ein Pferd ergatterte, um mit ihm in die Weite zu reiten, nach Frankreich, England oder Rußland. Nur nach Sachsen nicht.

Ein Waldhüter hatte ihn dann beim Sinken der Sonne aufgespürt. Der Tölpel hatte ihn für ein verletztes Reh gehalten und sich ihm kriechend genähert. Da war Louis aufgestanden, die hellen Locken schüttelnd und die Glieder streckend.

«He Förster, geleite mich zum Schloß!»

Und der: «Um Gottes willen, hochedelster Knabe, wie geriet

man daher? Gestürzt, verletzt, verirrt?» Der Mann war atemlos vor Schreck.

«Nichts von dem!» Eine knappe Geste des Jungen. «Zeig Er den Weg!»

Das war nicht schwer. Der Alte folgte in respektvoller Entfernung. Das Schloß war schon in Sicht. Da riß der Bärtige aus. Der Erdboden verschluckte ihn augenblicklich. Er hatte seinen König und Herrn gesehen. Früher als Louis. Und der König lachte, lachte, lachte. Es hörte sich an wie das Wiehern eines Pferdes. Dann hatte Louis die silberbeschlagene Krücke am blutigen Knie gespürt und das sanfte Ratschen des Samtes. Der große König machte den Riß mit Lust erst zu einem schönen Schaden. Der Lappen hing herunter, und man sah das zerschundene Knie. «Er hat Bataille gemacht!» sagte Friedrich und setzte hinzu: «... und wohl daran getan. Sein Klavierspiel, Prinz, taugt nicht für jeden Tag. Er reite mehr und gehe ins offene Feld. Kriegsspiel und Jagd, gewürzt mit Noten, dies soll er üben.»

Und der König hatte den geschändeten Samt beschaut, und der Blick war auf die eigene Montur geglitten, ausgeblichen von der Luft, dem Wind und dem Wetter langer Jahre.

Da hatte Louis gespürt, daß der König ihn mochte und vielleicht auch beschützte vor dem Geschrei wegen seines Trotzes, denn sein Talent hießen sie gut, verbreiteten die Mär darüber sogar eifrig über Preußen hinaus. Vielleicht war das schon Werbung für eine spätere Heirat? Pah, Heirat! Liebe! Was für ein Getuschel gab es um diese Dinge, in der seine Person bereits eine Rolle spielte.

Er hatte jetzt einen Halm verbotenerweise – immer und fast alles war verboten – in den Mund gesteckt und fand dessen Aroma neu und gut. Kein Wald von Rheinsberg diesmal, kein Förster oder Holzknecht, kein Samt am Leibe, aber doch prinzlich angetan im reifenden Soldatenbrot nicht weit von des Königs sommerlicher Residenz. Das seidene Hemd war schon ruiniert, alles andere auf dem Wege dorthin, doch kein Riß in der

Montur. Der König hätte mit der kalten Silberspitze seines Krückstockes diesmal keinen Punkt gefunden zum Zerfetzen des Gewands.

Wer war er selbst überhaupt, den sie Louis Ferdinand Prinz von Preußen nannten, zuerst auch bloß Ludwig gerufen oder noch früher «kleiner Lu»? Der König war sein oncle, und er durfte ihn auf den Parkwegen Sanssoucis auch so nennen, jedoch nie im Schloß, wenn es die anderen hören konnten. Nicht vorstellbar, daß sein eigener Herr Vater der jüngste Bruder Seiner Majestät des Königs von Preußen war. Noch nicht der kleine Lu, aber schon der heranwachsende Ludwig nahm ihn wahr, den leichten Spott, der vom König ausging, wenn er seinen immer etwas kränklichen, blaßgesichtigen Bruder erblickte.

«Was tut Er zu Preußens Force und Gloria?» hatte er den Herrn Papa einmal befragt, und der hatte stotternd, noch mehr erbleichend, auf ihn, den Spatz von einem Prinzen, verwiesen. Da hatten alle Gesichter geschnitten. Der Herzog von Braunschweig und Graf Schmettau, die daneben standen, hatten – wie es dann klatschsüchtig hieß – sogar vor Schreck leicht geschwankt. Der von Braunschweig soll sich die Lippen fast blutig gebissen haben. Wer war denn Louis' Vater? War er eine delikate Produktion auf königliche Ordre, um schlimmstenfalls genügend Auswahl zur königlichen Nachfolge zu haben? Voltaire, der spottende Affe, war glücklicherweise längst außer Landes. Er hätte noch gefehlt in dem Getratsch und Gewisper, das wie auf einen Zauberschlag hin jählings verstummte, wenn der prinzliche Knabe auch nur von Ferne gesichtet wurde.

Einmal hatte Louis durch das in der Sonne funkelnde Gitter des Parks geblickt, sehnsüchtig nach irgend etwas, das er nicht kannte, und plötzlich schien er es gefunden zu haben. Er sah einen Jungen, so alt wie er, bekleidet mit einer Art plumpen, schlotterndem Sack, die Knie zerschunden und in der schmutzigen Faust einen roten Apfel. Ein Mädchen, das ihm glich, ging an der Hand der Mutter, die unter der Last ihres Korbes lächelte. Der Vater, wer anders sollte es sein, trug eine Sense über der kräftigen Schulter und schaute ihn, den Prinzen, ganz unverwundert an.

Doch gleich war diese seltsame Sehnsucht verschwunden, vertrieben wie die Wolken vom Wind. Er war keine Bauernbrut im härenen Sack. Ein Wink des Stallmeisters, und die Pferde trabten heraus zu behütetem Ritt. Oder die Noten wurden gebracht, das Instrument von einem feinen Ohr gestimmt. Oder Bücher, ihm zur Auswahl gereicht und aufgeschlagen.

Warum saß er nun jetzt aber inmitten eines staubigen Feldes und trotzte dem Schloß und all dem Guten darin? Er sann nach und zerbiß dabei den Halm. Weil alle, oder fast alle, über ihn redeten und nicht mit ihm, weil sich alle, oder fast alle, vor ihm verbeugten und sich nicht über ihn beugten, wenn er etwa fieberte, heiß war von innerem Feuer, wie es oft, zu oft mit ihm geschah. Die Ärzte Muzelius und Heim, die auch zum König entsandt wurden, faßten ihn an wie eine Puppe, berührten einmal seine Stirn und befahlen Eisbeutel herbei, die ihm wie Dolche ins Gehirn fuhren.

Der Knabe trug keine Uhr, er wünschte sich auch keine. Die Uhr waren die anderen, sie kamen und gingen immer zur rechten Zeit. Und zur rechten Zeit war er ihnen entflohen. Das Schlupfloch lag dort, wo die Bauern mit ihren Kindern vorbeigekommen waren. Manchmal hatte er gehofft, sie wieder zu sehen, nur stumm zu erblicken als Bestätigung von etwas anderem, Fremden, Groben, in dem Abstoßendes und Lockendes zugleich verborgen lag.

Die Erde, mäßig feucht vom letzten Guß eines lange rollenden Gewitters über Park und Schloß, erzitterte leicht. Das war kein Erdbeben von Lissabon, worüber man ihm einmal erzählt hatte, sondern der ferne Hufschlag der Pferde, den diese leichte Erde hier wer weiß wie weit leitete. Der König, dieser Onkel und Freund, würde jetzt einen sanften Hügel erklommen haben, sich straffen, den Braunschweiger und die anderen Männer der großen Schlachten zur Linken. «Meine Herren, die

Truppen sind aufgestellt. Lassen Sie die Evolutionen machen, die ewig Preußens, meines hohen Hauses Ruhm verbürgen!»

«Prinz Louis, schau' Er sich das an und präg' Er sichs für dauernd ein», hatte er vor Jahren zu ihm gesagt, «das Manöver im Frieden ist akkurat der Schlüssel zum Sieg im Kriege.»

«Versteht er das schon, der Knabe?» war der Herzog von Braunschweig höchst unvorsichtig dazwischengekommen, und der königliche Donner rollte augenblicklich.

«Ein Preuße exerziert als Fötus im Mutterleib und marschiert ...» Man hatte Seine Majestät noch rechtzeitig ablenken können von dem zu Ende gedachten Satz. Er kam ja nicht das erstemal.

Könnte ich dabei sein, dachte der Knabe und versuchte jetzt ein böses Gesicht zu ziehen. Ein Gesicht, das nach außen hin Trotz zeigen sollte, obgleich er nun schon selbst herauswollte aus dem Gewirr und Gezirp dieses Feldes. Wie, wenn jetzt jener Bauer käme mit seinem Weib und seinen Kindern. Was würden sie sagen, hier einen Prinzen zu finden? Und was wieder würde er ihnen sagen? Schert Euch – oder helft mir heraus, klopft mir den Staub vom Gewand, reicht mir zu trinken aus dem braunen Krug ...

Er stand auf, reckte sich, besah den Schmutz an den silberbeschnallten feinen Schuhen und stellte sich vor, wie es wäre, wenn er damit auf das spiegelnde Parkett träte. Der König hätte nichts dagegen. Aus reinem Trotz liebte auch er das Mistige, wie die Hofschranzen es verächtlich flüsternd weitergaben. Jetzt hörte der Knabe Stimmen. Dieser schrille Klang von Blech tat ihm weh, da brüllte er doppelt blechern und bewußt falsch im Ton zurück: «Holt mich zurück, ihr Teufel, ein Bauer hat mich ins Feld verschleppt.»

Nun trugen oder zerrten sie ihn wieder hinein, befühlten ihn tastend, grapschend, ob er eine Schramme trüge, einen Hamsterbiß oder Wespenstich. Ein Hofunglück war das, wenn er auf einen Glockenschlag verschwunden war. Die Aufpasser, Erzieher, Pagen, Bediensteten für verschiedene Zwecke erwartete hohe Abkanzelung, doch nicht die allerhöchste. Von dort kam faunisches Lachen, untermischt mit Husten aus rasselnder Altmännerbrust. Der köngliche Herr kroch wie die Schnecke aus ihrer Behausung. «Man hat ihn gefunden?!» Es war keine Frage, vielmehr eine Feststellung, insgeheim berstend vor Spott.

«Euer Majestät sagen es.»

«Sehen es», fügte der König hinzu und wirbelte erstaunlich gewandt mit dem Stock, ohne den er die Räume nicht mehr verließ. «Und wo hat er gesteckt, der Racker?»

«Er verließ das Areal, steckte unter Unkraut, Disteln . . .»

«Klatschmohn, lateinisch papaver somniferum», entgegnete Seine Majestät und ließ den Stock sausen, doch nicht auf den Knaben. Die Hiebe prasselten. Sie hielten die Schultern hin, die Köpfe, die Hände, die den Prinzen soeben noch festgehalten hatten. «Pack von Pädagogen, Pudernasen, Kellerasseln . . .» Die Worte fielen gnädig heute, das heitere Wetter war mit im Spiel. Man schaute auf. Die Knochen schmerzten hier und da, ein bißchen Haut war geplatzt, die bekannten Farben würden erst morgen erscheinen, an baldige Kühlung war zu denken, sobald der Herr und König verschwand. Der wandte sich zum Prinzen. Würde er wenigstens noch einmal «kleiner Lu» sagen! Die Ansprache kam indes herber als sonst. «Prinz, Er geht auf sein Zimmer ohn' Umschweif!»

Das hieß, er hatte dahin zu gehen wie er war, ohne Säuberung oder Erfrischung. Louis verbeugte sich vor dem Onkel, dann vollzog er soldatisches Kehrt, verschwand geraden Wegs nach Geheiß.

Er wartete lange. Sein Spiegelbild zeigte ihm Grimassen, er warf sie immer aufs neue und in überraschenden Formen in das Kristall und wunderte sich, wie sie sofort zurückkamen, manchmal noch, bevor er sie wirklich ausgeführt meinte. Mit seinen Gesichtsmuskeln erschuf er unermüdet im Spiegel die Galerie seiner Umgebung: Das eigene Elternpaar, die Marschälle, Generäle, Hofherren, Stallmeister, Musiker, Hauslehrer, Ärzte, den Apotheker zuletzt. Nur der König blieb ausgespart. Eine Art innere Stimme hielt ihn davon ab. Er hatte schon mehrmals angesetzt, auch ihn, den Onkel, im Spiegel nachzuahmen. Die Lippen waren schon leicht gepreßt, mit einem Zug des Ekels bedacht, der Hals verkürzt, die Schulter gekrümmt, da ließ er die Spannung jählings abfallen, alles zurücknehmend. Er fürchtete nicht, beobachtet zu werden. Diese Bedenklichkeit, sie war meist gerechtfertigt, hatte er längst abgelegt. Er erinnerte sich aber, daß ihm schon als Lu Ähnlichkeit, höchste Ähnlichkeit mit eben diesem oncle nachgesagt worden war. Es würde schwer sein, ihn höhnisch im Spiegel zu verdoppeln.

Und der König war alt, jetzt anno 1783, schon über die Siebenzig. Er aber, Louis, war elf, eine belustigende Zahl, ganz ohne Ernst und Würde. Wie alt würde er selbst einmal werden? Louis trat wieder an den Spiegel. Er bemerkte, wie die silberne Schicht einem Magnet gleich Tausende Pünktchen flimmernden Staubs an sich zog, und wischte hastig mit dem rechten Ellbogen darüber. Doch Spiegel und Staub trieben ihr Spiel weiter. Louis ärgerte sich. Es sollte noch deutlicher sein, was er an Gesichtern da hineinwarf. War es bloß der Staub, der die volle Wahrheit bremste? Wie immer auch, er versuchte jetzt, sich selbst nachzubilden. Konnte man die Zeit vorwegnehmen, sich selbst zeigen, wie das eigene Antlitz sich in zehn, zwanzig, dreißig, fünfzig Jahren darstellen würde?

Wieder krümmte er den Rücken, kniff die Augen zusammen, zerwühlte sein Haar, brachte nun auch, wie eine Eidechse zitternd, die Zunge leicht heraus, aber es ergab kein glaubhaftes Bild. Die Harmonie, die selbst der Karikatur noch innewohnt, blieb aus, fruchtlos das Ganze.

Er spürte jetzt, daß er lange nichts gegessen hatte. Der Magen knurrte. Da öffnete sich die Tür. Ein uniformierter Bediensteter trat ein. Der Prinz kannte ihn als einen der alten Adjutanten des Königs, grau geworden und rissig. Der Mann trug einen Kasten aus poliertem Eichenholz vor sich her und stellte ihn wortlos auf dem ovalen Tisch ab, sich dabei leicht räuspernd, was die übliche Bitte um Aufmerksamkeit oder Gehör war.

Louis zeigte sich verwundert. In dem schöngearbeiteten Kasten konnte nichts Eßbares sein, wie er es jetzt hätte gut gebrauchen können.

«Der König sendet mich», sagte der Mann, «dem Prinzen ein Präsent zu machen, und Euer Majestät hoffen, es gereiche dem Beschenkten zur Freude und Belehrung.» Die Hand des Ankömmlings berührte eine Feder am Kasten, der mit leisem angenehmen Schnurren aufsprang. Der Prinz trat heran. Seine Augen sahen das bemalte, schimmernde Porzellan auf blausamtenem Grund. Eine Kollektion geschickt geformter, kolorierter Figuren. Ein Spielwerk der Lust und des Ernstes. Des Königs Generäle, Offiziere und Soldaten. Ein Manöverspiel en miniature.

Der Prinz hatte das beiliegende Couvert nicht gleich bemerkt, deshalb stieß der Adjutant es leicht an. Louis öffnete und las: Prinz, man ist in einem Alter, da dem Faxenmachen bald ein Ende zu machen wäre. Er ist aufgefordert, sich nunmehr dem ordentlichen Exerzieren nach täglich befohlener Instruktion zu widmen, inclusive der einfachen und höheren Taktik, in erster Linie der Kavallerie. Ich bestelle Ihm dazu ohne Verzögerung geeignete Lehroffiziere und Instrukteure und zweifle nicht an seinem gehörigen Willen dazu. Friedrich.

Nichts von «oncle». Nur Friedrich. Das hieß, er war angenommen als Soldat, späterer Offizier, vielleicht General dieses Preußens, von dem alle sagten, daß man es auswärts fürchte und hasse. Der Prinz trug das Geschenk beiseite. Der Spiegel warf ihm erneut sein Bild zurück. Es zeigte einen Jungen, einen Knaben, der etwas schmutzig war, mit geröteten Wangen, auch das Haar nicht in gehöriger Frisur. Frechheit eines Spiegels. Am liebsten hätte er ihn jetzt zerschmettert, aber es hätte nur Ärger gemacht. Der König war sparsam in manchen Dingen. Doch niemals in solchen, die die Armee betrafen. Auch Geschenke wußte er zu machen und zu nehmen. Denn dieses hier, der Kasten mit dem kriegerischen Porzellan, stammte aus Frankreich. Man wußte dort, womit dem Preußen eine Freude zu bereiten war.

Der König selbst schaute besorgt dorthin. Louis hatte es gehört in den Gesprächen bei Tafel. Der Geist Voltaires und der anderen Unruhegeister wühlte unausgesetzt, drängte nach Veränderung und dem Schrecklichsten, was zu denken wäre, nach Revolution, was Ungehorsam hieß, Durcheinander, Auflösung aller guten Sitten. Hatte Voltaire seine Grimassen in dem Spiegel etwa auch hinterlassen? Das Glas aus Venedig verriet nichts davon, und der Prinz spürte nun den Hunger doppelt und beschloß, sich akkurat zu machen.

DER GÄRTNER

Der Park ruhte in nächtlicher Stille. Augustnächte sind kurz und schwer. Der Schlaf will nicht kommen, und er flieht bald wieder. Selbst die Sterne über den Wipfeln der Eichen und Buchen schienen matt. Vor Tagen war ein Gewitter über dem Havelland losgebrochen, wie es lange nicht gehört und gesehen worden war. Der Sandboden hatte das Wasser längst aufgesogen, gierig wie ein Trinker nach erzwungener Entbehrung. Auf den Wegen verwehrten herabgerissene Äste den leichten Gang. Der Obergärtner hatte die Säuberung angewiesen, aber getan hatte sich wenig. Es geschah nicht aus Widerspenstigkeit, irgendeine Erwartung lagerte wie Schwüle über den Leuten. Nur die Wachen zogen auf wie immer. Auch die Trommeln rasselten. Die Kuriere schienen sogar häufiger ein- und abzureiten als sonst.

«Sie kommen wie die Fliegen», knurrte Lietze, der Krüppel, der seinen linken Arm bei Leuthen gelassen hatte, weshalb ihn der König bei guter Stimmung gelegentlich anzusprechen geruhte. Es war meist ein Wortspiel von seltsamem Humor.

Der König: «Wie kommt Er zurecht mit all dem Gerät?» Gemeint war die hölzerne Harke.

Lietze: «Euer Majestät, es ist ja nicht die Muskete.»

ER: «Sie wär' Ihm lieber noch?»

«Euer Gnaden, es hat wohl gereicht, damals bei Leuthen. Ein Arm ist ein Arm.»

ER: «Für seinen König gibt man den ganzen Leib, der Arm ist bloß Flaum aus dem Vogelschwanz.»

Hier hatte der Gärtner gestockt, weil ihm ein Schlucken angekommen war und dazu ein reißender Schmerz, gerade an der Stelle, wo jener Arm einmal hingehört hatte.

Da wandte die Majestät sich zum Gehen: «Es blieb ihm der rechte, damit kommt Er wohl immer zurecht. Tu Er nur, was ihm befohlen ist.»

Lietze liebte den König nicht, doch er hatte Respekt vor ihm. Liebe zum König? Keiner hätte hier ein solches Gefühl gehabt, nicht in den Gärtnerkaten in der Nähe von Park und Schloß, und nicht in der Stadt, wo die Tagewerker und sogar die niederen Händler ihm gerne eine Nase zogen.

In dieser Augustnacht aber zog es Lietze hinaus in den Park, an die Stelle, wo der König ihn meist ansprach, vielleicht zweimal, höchstens dreimal im Jahr. Ein Nachtvogel strich über ihn hinweg und setzte sich ganz in der Nähe ab, als suche er heimlich Verbindung zu dem anderen lebenden Wesen, das ein Mensch war und Lietze hieß. August Lietze aus dem Dorfe Wustermark, wo er als fünftes Kind eines Knechts geboren war, als der König noch Kronprinz hieß und zum Arrest einsaß auf Rheinsberg zwischen den Seen.

Lietze sah, daß das Licht im Schloß in dieser Nacht von anderer Natur war als sonst, denn es lief und lief immerzu, flüchtig — wie die österreichische Infanterie bei Leuthen siebenundfünfzig. Das Licht gab immer Auskunft. Man wußte dann, daß der König schlief, der Gichtanfall für ein paar Stunden vertrieben, seine Kehle gekühlt, seine Stirn getrocknet ...

Aber dieses Licht heute galt nicht mehr so sehr dem lebenden, es wurde von dem sterbenden Friedrich gerufen, wenn er zu dieser Stunde überhaupt noch über eine Stimme verfügte. Lietze dachte daran, wie sein eigener Vater gestorben war. Verreckt! Der Einarmige hätte am liebsten ausgespuckt, wäre es ihm nicht ungebührlich erschienen im Gedenken an den Vater. Eine herrschaftliche Kalesche hatte ihn überrollt, weil er nicht schnell genug beiseite gesprungen war, obwohl der Kutscher genügend Platz gehabt hätte zum Ausweichen. Er war sogar ausgewichen, — dem edlen Jagdhund seines Herrn. Der Graf hatte das Fenster geöffnet und nur gerufen: «Gut, gut, der Diana ist nichts geschehen.»

Lietze beobachtete die Fenster des Schlosses. Immer wieder zuckten die Kerzen auf, eilten hin und her. Er sah Köpfe, Silhouetten, und suchte hier im Park zu erraten, wer es sein könnte. So trieb er sein Spiel mit Gedanken und vergaß die Nacht. Er hörte die Uhr schlagen. Es ging auf Mitternacht. Die Sterne traten jetzt klarer hervor. Der Dunst des Tages löste sich auf und verschwand in den Wipfeln der Bäume. Durfte er nun einen Schluck aus der Buttel nehmen? Lietze fühlte die Wölbung unter seinem Kittel, langte danach und stöhnte genüßlich. Soldaten, Kutscher, Gärtner ohne Trunk taugten nichts, hieß es, und das war auch seine, Lietzes erste Religion.

Die huschenden Lichter und Laternen mußte man lesen können wie den Katechismus, alle zusammen machten sie ein Buch aus. Lietze verstand es, darin zu blättern. Diese feinen, hochnoblen Leute, die am Tage in Samt und Seide tänzelten, deren Ohren geschmeichelt wurden vom Klang der Flöten und Geigen, deren Fingerspitzen Porzellan und Kristall berührten, in den langen Sälen Bilder vor Augen mit Landschaften, Frauen, Früchten, Wildbret, trieben es, wenn die Nacht kam nicht anders, als Knecht und Magd im Heu. Was dem Lietze die hüpfenden Lichter nicht verrieten, hörte er am nächsten Tag von den Bediensteten, die die Liebestollen als Glühwürmchen begleitet hatten. Der Lohn dafür fiel nicht übel aus, wenn sie nur ihr Maul hielten.

Lietze beobachtete die Fenster des Schlosses.

Dem König war die Liebe ja längst erloschen, und die richtige, die wahre, hatte er wohl nie erfahren. Da gingen Redereien um bei Hofe um diesen und jenen hübschen Pagen ...

Aber auch das war längst vorbei. Das Verrückteste hatte der Veteran von Leuthen erlebt zu Zeiten der Geburt dieses Prinzen, der auf Ludwig getauft war, aber dann Louis genannt wurde, korrekt: Louis Ferdinand Prinz von Preußen.

Der Junge war hübsch, auffallend hübsch sogar und manchmal frech und frisch beim Ballspiel auf den Wiesen im Park, so daß er auch ein Gärtnerbub hätte sein können, wenn er nicht immer in hochgeknöpftem Samt hätte laufen müssen. Es hieß, der Junge habe natürlich einen Vater, einen Erzeuger von gebührendem Rang, aber nicht diesen, den man füglich dächte. Den man zu glauben hatte, das war des Königs jüngster Bruder. Aber von dem klatschten die Mäuler, daß er nicht fähig sei zum Pflanzen, Bäumchensetzen undsoweiter. Und der König habe der Schwägerin huldvoll die Wahl gelassen zwischen dem Braunschweiger und dem Schmettau. Ihr sei dann der Braunschweiger ... hm, lieber gewesen.

Was war an solchem Gerede wahr? Daß der Prinz dem königlichen Onkel in manchem so glich, zum Beispiel in der verzückten Wut stundenlangen Musizierens und im Quälen der schlechtbezahlten Hofmusikanten, zeigte eigentlich rechtmäßige, ordentliche Verwandtschaft an. Doch das Gerede verstummte nicht. Lietze war es im Grunde genommen schnuppe, wie es auf gut preußisch hieß, doch genoß er es auch, mehr zu hören, zu riechen und auch leibhaftig beobachten zu können.

Da sah er nun über allerhand Wunderlichkeiten nachsinnend und in Abständen das bauchige Gefäßchen ziehend, daß Sanssouci sich mit einem Schlage veränderte. Der schwungvolle Bau, zu dem die Terrassen spielerisch hinführten, erstrahlte im Licht von unzähligen Kerzen, als sollte ein Ball, ein Empfang, ein Zeremoniell stattfinden. Stürzende Schatten erschienen an den verhangenen Fenstern. Man hörte Rufen. Ein Pferd wieherte gequält unter den Sporen seines hastig aufgesessenen Reiters. Eine Fackel flammte auf, deren schwerer Rauch sich in den Zypressen sammelte.

Lietze schob die Zweige der dunklen Tanne, hinter der er gestanden hatte, beiseite und drang auf Grenadierart mit langen Schritten weiter vor. Ein Nachtvogel rief. Der Gärtner antwortete mit einem Fluch, aber der Vogel hörte nicht auf, ihn zu foppen. «Teufel auch», rief Lietze, «eine rechte Nacht zum Krepieren.»

Er erschrak. Daran hatte er eigentlich gar nicht gedacht. Es war eine Redensart unter Soldaten, wenn einem im Biwak die tückische Nässe oder der klirrende Frost in die Knochen fuhr, wovon die Rede jetzt nicht sein konnte. Er sah um sich, doch niemand konnte ihn hier gehört haben. Er wischte sich die Augen. Die Fackel wurde geschwenkt. Sie erhellte ein Gesicht, das Lietze sofort erkannte — Prinz Louis. Die schlanke Gestalt war mit einem Umhang bedeckt, die Kleidung in Hast gewählt und übergeworfen. «Eilen Sie, Prinz, es könnte ohnehin zu spät sein!»

Es war Hohenlohes Stimme, die so antrieb. Und Hohenlohe, alle wußten es, hielt in der Bibliothek seit Nächten persönlich Wache, um seinem röchelnden König notfalls beizustehen. So schlimm stand es also jetzt um ihn, dachte Lietze und holte sich wieder das Bild vor Augen: Der König bei Leuthen über die Gefallenen, Sterbenden schreitend, über Preußen und Österreicher, einmal bei einem seiner toten Offiziere verharrend und mit dem Krückstock den Kopf bequemer rückend. Welch königliche Huld! Immerhin, auch er muß sterben, sinnierte des Königs Gärtner und Grenadier, auch er muß fort von hier, nachdem er selbst so viele fortgeschickt hatte von dieser Welt, und die waren jung, sehr jung gewesen. Der König war jetzt dreimal so alt wie sie.

Da kam der Prinz zurück mit gesenkten Schultern und sehr langsam. Das Schloß fiel jäh ins Dunkel. Es tauchte weg, als habe es da nie gestanden. Eine Sternschnuppe verlosch hinter den Wipfeln der Bäume. Der König war tot. Lietze meinte es selbst an der Luft zu spüren, die ihn umwehte. Sie war anders als vordem. Nicht kälter, nicht wärmer, nur anders. Und anders würde sicher manches werden.

Der Prinz, den der König vielleicht noch einmal sehen wollte, war zu spät gekommen. Oder hatte man ihn zu spät gerufen? Lietze überlegte, was er dem Alten mit auf die letzte Reise gegeben hätte. Der gemeine Parkgärtner am Totenbett des Königs, noch einmal gerufen von ihm wie bei Leuthen, als die berittenen Ordonnanzen fielen und Er sich umsah nach einem schnellen Boten zu Fuß, weil der Winternebel die königlichen Handzeichen verschluckte und die Stimme zu schwach war im Krachen der Salven und den Schreien der Getroffenen. Und Lietze hatte den Befehl erfüllt, mit Dreingabe seines Arms, doch dafür war er des Königs Gärtner geworden im Park zu Sanssouci, was «Ohne Sorge» hieß.

War es damals Zufall gewesen? Oder hatte Friedrich gerade ihn suchen lassen im Gewimmel? Lietze sah noch einmal alles vor sich:

«Wie heißt Er?»

«Der Grenadier Lietze von Seiner Majestät drittem Regiment, erster Kompanie.»

«Wie lange dient Er?»

«Seit anno fünfundvierzig, Euer Majestät.»

«Dann war Er gar bei Kesselsdorf dabei?»

«Daselbst gestanden und gestürmt.»

«Er hat auch flinkes Bein gehabt soeben. Die Ordre brauchte Flügel.»

«Euer Majestät stets gehorsamster Diener!»

«Er kann sich danach in Potsdam bei dem Gärtneramte melden!»

«Euer Majestät untertänigster Dank!»

Immer wieder hatte es Lietze vor aufgerissenen Mäulern bei Bier und Korn herbeten müssen, dieses Gespräch zwischen dem König und seiner Wenigkeit. So galt er aber wenigstens etwas unter den gelernten Rosenschneidern.

Lietze ging nun aufrechten Ganges zum Schloß. Eine Wache trat ihm in den Weg. «Halt, wer da?!»

«Lietze, der Gärtner».

Der Soldat erkannte ihn, zeigte sich aber unwirsch. «Mensch, geh deinen Weg, deiner ist nicht hier.» Er hatte das Gewehr von der Schulter genommen und machte dem Gärtner gegenüber die Geste des Verscheuchens. «Was hast du hier zu streifen? Noch dazu jetzt!»

«Ich stand im Park und sah den Auflauf.»

«Du wirst zu tun bekommen», brummte der Posten nun schon gutartiger. «Reisig schneiden und Blumen für einen Toten, vor dem die Welt gezittert hat, Panduren und Franzosen.»

«Und auch des Königs eigener Untertan, wenn er nicht ganz hoch zu Pferde saß.»

«Das laß nicht hören», zischte der Bewehrte. «Mich hat's den besten Freund gekostet, das Spießrutenlaufen noch im letzten Jahr der schlimmen sieben. Und der König hat's gewußt, wie er überhaupt immer alles gewußt hat auf seine Art.» Der königliche Posten erschrak, weil er seine Schritte unterlassen hatte. Um sein Versäumnis wettzumachen, trat er doppelt forsch auf dem Kiese auf, so daß es weithin knirschte.

«Er kontrolliert dich doch nicht mehr, Kamerad!» flüsterte Lietze, der sich an eine Figur aus Sandstein gedrückt hatte, so daß er mit ihr zu verschmelzen schien.

«Deswegen muß ich trotzdem Posto stehen und gehen nach Instruktion, zehn Schritt rechts und zehn Schritt links.»

«Und Losung hast du auch?» reizte Lietze, «gesetzt es wollte einer Zutritt».

«Wer wollte itzo Zutritt fordern», entrüstete sich der Marschierer. Aber in seiner barschen Frage lag eher belustigtes Verwundern über die Fragerei des schwatzhaften Invaliden.

«Nun, zu solcher Stunde könnte gewißlich einer kommen.»

«Die Trauerzeremoniells heben später an. Man muß ihn doch waschen, kleiden, eine königliche Leiche daraus machen. Wer sollte also kommen?» Der Soldat sah seinen nächtlichen

Partner nicht mehr. Vom Park her wehte ein kalter Luftzug über den Weg, auf dem er seine Pflicht versah. Es schauderte ihm plötzlich. «Gärtner», rief er fast flehend, «treib keinen Unfug hier! Ist wahrlich nicht die Stunde dazu.»

Lietze kicherte leise. «Wer kommen sollte, fragst du? Der Hinkende könnte es sein! Der Gott-sei-bei-uns. Der Deibel kurzgesagt, der seinen Lohn holen möcht' ...»

Mit einem Ruck hatte der Posten das Gewehr gefällt, die Klinge des Bajonetts blitzte durch die Nacht. «Ich geh' ihm durch die Kaldaunen.»

Lietze löste sich von der Steinfigur, die er umschlungen hatte. Seine Flasche fiel zu Boden und rollte über den Kies.

«Was ist das?» zischte der Soldat.

«Es ist nichts mehr», höhnte Lietze, «denn nun ist's leer.»

«Daß die Gärtner immerzu saufen müssen!» Der Zorn, die Angst und die Empörung schlugen ins Versöhnliche um. «Scher Er sich jetzt! Kriech Er ins Stroh, wie sich's gehört!» Das rief der Posten nun mit ungedämpfter Stimme, daß es über den ganzen Vorplatz schallte. Von irgendwo her krähte verfrüht ein Hahn. Der Gärtner stand auf, fuhr sich durch's dünne Haar und machte eine linkische Verbeugung vor seinem nächtlichen Partner: «Nehm' Er's nicht krumm, Freund, Er war mir lieb zu dieser Stunde!»

Der Posten sagte nichts, er zählte von jetzt an nur noch seine Schritte.

INSTRUKTOREN

Wie immer trat Oberst von Massenbach zu spät in den Raum, welcher im Neuen Palais zu Potsdam der alleinigen Unterrichtung des Prinzen Louis diente. Durch das geöffnete Fenster wehte ein erstes buntgefärbtes Blatt des Herbstes, der den Thronwechsel von Friedrich II. zu Friedrich Wilhelm II. gebracht hatte. Der Junge, in die Uniform der Ziethenhusaren gekleidet, hatte seine langen Beine übereinandergeschlagen, die

Arme verschränkt und wartete. Massenbach mißbilligte es mit einem Blick, verbiß sich die Rüge wegen der ungebührlichen Haltung. Die Stunde begann wie immer.

«Geruhen Sie bitte, Prinz, die letzthin empfangene Lektion in Punkten zu repetieren!»

Der Unterweisende raschelte in seinen beschriebenen Blättern, schwieg, räusperte sich auffällig zu Massenbachs Ärger. Der wußte, daß Louis die Mathematik nicht lag. Sie diente ihm höchstens als Brücke zu dem Massenbach verschlossenen Reich der Musik, zu dem Meer aus Klängen, worin der Junge schwelgen konnte, bis alle Kerzen nur noch als Stümpfe blakten und das jugendliche Haupt erschöpft auf den Flügel sank.

Anders die Lehre von der klassischen Mechanik. Sie konnte Louis wenigstens belustigen, denn sein Lehrer erschien ihm dann selbst als eine Art schnarrender Drehzapfen, dem das Schmierfett fehlte. Der Mentor formte Bilder aus den kalten Gesetzen von Druck und Gegendruck, Bewegung und Beharrung, die den immer häufiger inspizierenden frommen Wöllner höchlichst entzückte.

Heute dozierte Massenbachs Stimme: «So ist die Lehre von der göttlichen Mechanik unser Wissen über die Anwendung der Kraft zu einem positiven Zwecke — gegen die Widerstände der Natur oder auch des subjektiv Bösen.»

Der Hörer nahm den albernen Einschub wahr, der vor allem dem wieder lauschenden Wöllner galt. Die Mechanik hatte sich bis jetzt noch nicht als von göttlicher Herkunft präsentiert, auch das subjektiv Böse in der Definition klang überraschend neu. In allen Fächern, die man ihn lehrte, spürte er den anderen Ton, der vom Throne des neuen Königs, seinen Beratern — und Mätressen kam. Louis' feines Ohr hatte vernommen, wie Wöllner, der doch nur Pfaffe war und nie im Sattel eines Pferdes gesessen, noch je einen Säbel in der Faust gehalten hatte, wie diese Kreatur dem General Kalckreuth und Generalmajor Rüchel dringlich empfahl, den von Voltaire ausgesäten Bazillus zu vertilgen, den — Gott hab' ihn selig — der große König mit etwas zuviel Lässigkeit geduldet hatte.

«Gerade die Mechanik eignet sich, die ganze Vortrefflichkeit des preußischen monarchischen Systems und der hierauf beruhenden Armeeverfassung gehörig nachzuweisen. Denn diese eherne Regelmäßigkeit aller Bewegungen der Maschinerie des preußischen Staates findet ihr Pendant in der genialen Maschinenmäßigkeit des preußischen Soldaten.» Massenbach gewährte sich selbst eine Pause und ließ nach deren Beendigung den Zeigefinger der rechten Hand hochschnellen: «. . . der regierende König von Preußen aber ist der allergnädigste Werkmeister, der erleuchtete Dirigent jener kunstvollen Maschinerie.» Es war heraus! Massenbach kostete die eigene Sentenz mit den Ohren, er hätte sie gern wiederholt, dem Prinzen zum Diktat empfohlen. Er bemerkte aber noch rechtzeitig dessen spöttischen Zug auf dem schönen, weil ebenmäßigen Gesicht. «Ich sehe, daß Hoheit eine Frage haben von diesbezüglichem Belang. Ich bin begierig, sie zu hören.»

«Bleiben wir doch noch einen Augenblick lang bei dem mechanischen Wesen», kam Louis Ferdinand der wie immer gedämpfthöflichen Aufforderung Massenbachs nach, «so unterliegt jene Maschine doch auch notwendig mancherlei Reibungen, Hemmungen, Bremsungen. Die Räder und Bolzen nutzen sich ab mit der Zeit . . .»

«Dafür hat der König sein Kabinett, die Minister, die Generäle», parierte Massenbach sehr schnell, der nur zu gut wußte, wohin Louis das Gespräch treiben lassen wollte.

«Die Generäle . . .», fuhr der Junge fort und warf mit einer raschen Kopfbewegung eine Locke aus der Stirn, «sie müßten zuerst das mit der Zeit zöpfisch gewordene, steifgamaschene, Altlederne denunzieren, wie es sich allenthalben zu zeigen beginnt. Wie man von Augen- und Ohrenzeugen hören kann, wären nach dem Exempel der Amerikaner gewisse Modifikationen hier und da wohl auch für uns von einigem Nutzen». Er sah jetzt blaß aus, überanstrengt. Unter den Augen lagen bläuliche Schatten. Ein feiner Haarflaum sproß über der geschwungenen Lippe.

«Sind Sie von Sinnen, Prinz? Ist dies Ihr Ernst, so zu fragen und so zu antworten? Enthält meine Mathematik, meine Lehre der Mechanik die Aufforderung zur Ungebührlichkeit der Rede, der jugendlichen Rede, wie ich verstehenderweise einräumen will», brachte Massenbach hervor.

«Ich sah, Herr Oberst, wie man im Etat des Heeres eine Geldsumme für wohl hundert Zentner Kreide bestimmte, um damit die Hosen – sogar für den Felddienst – zu weißen. Die Manufakturen stellen Zopfbänder her statt guter Gewehrriemen, die das fehlende Leder ersetzen sollen. Und die Grenadiere verlieren ihre hohen Papstmützen, wenn unter Feuer – noch geht die Rede vom Manöver – schnellerer Schritt befohlen wird ...»

«Gott sei uns gnädig!» rief Massenbach, «das können Euer Durchlaucht nicht von mir haben ...». Jähe heiße Röte überflutete Massenbach, ohne daß dies Zorn zu nennen war. «Die Herren Kalckreuth und Rüchel, der gnädigste Herzog von Braunschweig nicht zu vergessen, sind die Berufeneren in diesem Falle, da mir immerhin nur die zivile Wissenschaft aufgetragen ist.»

Wöllner hatte sich an die seidenbespannte Wand gelehnt, das Kinn auf die Brust gesenkt. Er holte vernehmlich Atem und sagte mit gelassener Stimme: «Sie können mit Gewißheit, ehrenwerter Prinz, nicht über derlei Dinge erfahren haben. Es sind Gerüchte, die allenthalben herumstreichen wie giftige Dämpfe. Ihr Ursprung ist in dem gärenden Frankreich zu suchen, und auch bei den heillosen einstmals großbritannischen Siedlern, die sich über dem großen Teich itzo kühnlich freie Amerikaner nennen.»

«Man hört von einem Herrn Gneisenau, daß sie eben nicht schlecht gefochten haben», warf Louis ein.

«Nun, nun», entgegnete Wöllner, «ich bin ein friedfertiger, schlichter Theologe, der durch die Huld unseres neuen gnädigen Königs zur Oberaufsicht des geistlichen und schulischen Wesens hier am Hofe und für das Königreich Preußen insgesamt bestellt worden ist. Mithin durchaus unkundig in den Dingen des kriegerischen Geschäfts. Soviel aber weiß auch ich, daß diese Neu-Amerikaner im Kampfe nichts sind als wilde, reißende Tiere, ähnlich jenen Rotten der Bauern, wider die unser verehrlicher Martin Luther schon seinen Blitz und Donner geschleudert hat.»

Rüchel, der schon krankhafterweise immer an allen Türen horchen mußte, hatte den Disput nur bruchstückweise mit angehört. Wie eine Katze war er hereingeglitten, ohne die Anwesenden eines Grußes zu würdigen. Er selbst nannte sich «die Autorität» für lückenloses Wissen in den Fragen von Heer- und Kriegskunst. «Ich sehe, daß sich die hohen Herren ein bemerkenswertes Thema zum gelehrten militärischen Disput erwählt haben», schaltete er sich in die gerade entstandene Pause ein. «Indes sieht die Instruktion für Seine Durchlaucht den Prinzen das spezielle Kolloquium zur Verfassung des Heeres erst später vor, und ich ersuche daher die Vorwegnahme zu endigen –, zumal ich dächte, Sie, hochverehrter Herr von Massenbach, hätten vorzugsweise Mathematik, Geometrie, Mechanik, Himmelskunde, Nautik, bestenfalls noch Ästhetik zu unterweisen.»

«Der Herr hat recht», sagte Wöllner und rückte an seinem steifen Kragen, wie er es auch als Prediger auf der Kanzel über der betenden Gemeinde tat, gleichsam als Erleichterung. Er hatte keine Zeit zu verlieren. «Adieu, meine Herren», rief er und verbeugte sich so schnell, daß es schon linkisch wirkte. Die Tür fiel ins Schloß.

Auch Rüchel verließ den Raum.

«In einer Stunde hat Seine Majestät den Rapport», unterbrach Oberst von Massenbach die jetzt unnatürlich wirkende Stille. «Sie wissen, Prinz, wie oft Sie schon das Mißfallen Ihres königlichen Großoheims erregt haben. Man ist, mit Verlaub sei es gesagt, nicht mehr der erste Liebling im hohen Schloß, man redet davon, daß Sie mit Verve die Rolle des enfant terrible spielen. Der König könnte sich zu Maßregeln bestimmt sehen, und ich hätte diese auszuführen, was ich nicht wünschen kann.»

«Was ist es, was Sie wirklich wünschen, Herr Oberst?» fragte Louis und gab selbst die Antwort. «Sie wünschen sich die Ruhe Ihres Tages, die Unterdrückung jeden Zweifels in Ihre Lehrsätze, die gleichwohl den Axiomen des Mathematischen entliehen, doch zuerst Tugendlehre sein wollen und sollen. Und ich bin Ihr Objekt. Eine Puppe, nur eben nicht versehen mit einem Balg aus Sägespänen und Stoff, sondern ausgestopft mit Fleisch und Blut.»

«Jetzt muß auch ich mich an den gnädigsten König wenden. Die Unbotmäßigkeit, Prinz, geht zu weit!»

«Ich bin nicht unbotmäßig, Herr Oberst von Massenbach. Auch Ihnen weiß ich Dank für erlangtes Wissen, doch ich sehe niemanden, der hier im entferntesten eine Frage mag. Er braucht sie nicht zu lieben, aber er könnte sie wenigstens achten, und dies hieße: ernstnehmen.»

«Die Ungeduld mag das Recht der Jugend sein, aber der Gehorsam ist die Pflicht eines Prinzen am Hofe», hatte Massenbach zur Antwort bereit.

«Dann mag man mich auf die Probe stellen, um diesen Gehorsam zu prüfen», entgegnete ihm Louis. «Ein Krieg wäre mir gerade recht dazu.»

«Mit wem wollen Sie, zutreffender, mit wem sollte der König jetzt Krieg führen? Jene Amerikaner, denen Sie soeben Ihre Sympathie erwiesen haben, bauen ihre Baumwolle, ihren Tee künftig ohne den Segen des Königs von England, und der unsrige schert sich nicht drum. Den Herren Franzosen kollert es – mit Verlaub – im eigenen Bauch, doch solange das royalistische Paris seine Bastille hat, ist Tumult von da nicht zu erwarten. Die Russen, Österreicher wischen sich noch die Augen vom Siebenjährigen Krieg. Nein, Durchlaucht, Europa bleibt ruhig, und die glorreiche Armee macht Revue, Parade und nach der Getreidemahd manoevre.» Er hatte es französisch ausgesprochen und blickte seinem Schüler jetzt fast jungenhaft-fröhlich ins Auge.

«Virtus et gloria, Tapferkeit und Ruhm! Das habe ich mir aufs Panier geschrieben, Oberst Massenbach. Dieses Motto soll mein Leben bestimmen.»

«Das klingt löblich und ehrenhaft, Prinz, aber hüten Sie sich, es zu laut zu verkünden, denn solche Bewährung fänden Sie nur im blutigen Streit. Man sagt, Durchlaucht liebten das Künstlertum?» — «Ist der Soldatenstand dagegen?»

«In jungen Jahren litt König Friedrich unter solchem Widerstreit. Er hat ihn korrigieren müssen zugunsten des Soldatseins.»

«Der Kampf ist auch in mir. Hier bin ich ihm gleich.»

«Ihr Leben wird nicht leicht sein mit solcher Maxime. Es ist Ihre Jugend, die Sie so reden heißt.»

«Vielleicht ist sie das Beste überhaupt, was wir haben, bis wir wieder zu den Würmern gelangen.»

«Daran brauchen Sie nicht zu denken, Prinz, nicht jetzt und noch lange nicht.» — «Wer kann das wissen, Oberst!»

Massenbach war an das Fenster getreten. Er sah, wie der Herbst alles zu färben begann. Wohin nur war er gekommen mit all dem Geschwätz, das der Bengel ihm aufgedrängt hatte. Er wandte sich wieder ins Zimmer, sah Louis sitzen mit den Feuerflecken unwissender Jugend auf den Wangen. Ein Prinz, und doch auch keiner. Niemals wird dieser Junge als König regieren, aber er kann General werden oder Feldmarschall, Verlierer oder Sieger; wer weiß das jetzt, und wozu auch sollte es gut sein, es zu wissen. Mit einer leichten Verbeugung, die er sonst nicht machte, bedeutete Oberst Massenbach Louis Ferdinand Prinz von Preußen das Ende der Lektion.

«Reitstunde!» warf Louis ihm überlaut entgegen, knüllte sein Aufgeschriebenes zu einem Ballen und stürzte mit Krachen die steinerne Treppe hinunter.

Massenbach murmelte: «Ein Blitz von Mensch. Erschlägt er einmal uns? Oder gar sich selbst? Das ist hier die Frage.»

UNRUHE

Das Jahr 1789 hatte seinen Höhepunkt überschritten. Der Sommer gab sich aber weiter ungewöhnlich. Nach kurzen, heftigen Gewittern, die kaum Abkühlung brachten, fluteten vom Westen über den Rhein Ozeane heißer Luft herüber.

Erst die nächtlichen Promenaden im Park brachten der Hofgesellschaft etwas Erfrischung. Der König, der sich bei seinen Belustigungen, vor allem den viel betuschelten amourösen Diensten nicht schonte, litt an Atemnot.

Hinzu kamen die Nachrichten über beunruhigende Ereignisse in Frankreich. Sie konnten allerdings nur schrecklichen Versionen schwachsinniger oder gänzlich unerfahrener Menschen entsprungen sein. Die Bastille, ein Bollwerk von großer Stärke der Mauern, bestückt mit schwerem Festungsgeschütz, versehen mit Proviant für Monate, besetzt nicht etwa mit junger Elitetruppe, sondern bewährten, zuverlässig gesinnten Leuten gesetzter Jahrgänge, konnte doch nicht im Handstreich von irgendwelchen Banditen aus den Vorstädten genommen worden sein?

Es wurde daher im geheimen Kabinettsrat die Maßregel erwogen, den Verbreitern solcher Gerüchte in den Städten, zuerst in Potsdam selbst, aber dann auch auf dem flachen Lande, unverzüglich den Strang zuteil werden zu lassen. Was der König indes mit den mildernden Worten ablehnte, Preußen sei immerhin seit seinem hohen Vorgänger europäisch bewunderter Rechtsstaat, Kulturstaat, so daß kräftige Prügel auf die betreffenden Köpfe und Buckel fürs erste ausreichend sein sollten.

Von all dem nahm Louis kaum Notiz. Mit siebzehn Jahren brauste in ihm so sehr das Blut und ein ahnungsvolles Begehren, daß ihm davon gelegentlich ein Schwindel überkam. Innerhalb weniger Atemzüge fühlte er dann, wie ihm das Hemd am Leibe klebte, die Hände sich feuchteten und überhaupt die Hitze in unabweisbaren Wellen seinen Körper überflutete. Darüber sprach er aber mit niemandem. Als er seine Beobachtung einmal zögernd dem Arzt anvertraute, überzog nur ein Lächeln das rotbläulich gefältelte Gesicht des Medicus. Und die Diagnose, die zudem keine war, lautete nur: «Warten Sie ab, Prinz, es wird sich geben.»

Louis wollte fragen, worauf er warten sollte oder was zu tun sei, um solchen Zuständen möglichst zu entgehen, aber es geschah ihm wie fast immer: Antworten, solche, die wirklich welche gewesen wären, blieben aus. Als er an einem späten Abend seinen Rappen, ein Geburtstagsgeschenk des königlichen Großonkels für ihn, in den Stall brachte und das Tier dem Reitknecht zur Säuberung übergab, fragte er den, ob auch er gern reite.

Der junge Mann, der nur um einige Jahre älter schien als Louis, erschrak. Er dachte gleich daran, daß er das kostbare Tier zwar zu striegeln und überhaupt bei Gesundheit oder vorkommender Unpäßlichkeit aufs beste zu halten habe, nicht aber das Recht besäße, selbst aufzusitzen. «Ich reite nur manchmal daheim, Euer Hochwohlgeboren», wehrte er daher sofort ab. In seinen Augen stand ein einziges Erstaunen: wie könnte ich es wagen, den federnden Rücken dieses Wunders zu genießen, dessen Gangart zu spüren? Ich, der Gimpel aus dem märkischen Flecken Satzkorn. «Wir haben einen Dicken zu Hause, einen Braunen, er lahmt und ist krank, aber zieht», redete der Knecht weiter.

«Den kann man auch reiten?» fragte der Prinz verwundert.

«Man muß ihn kitzeln oder schlagen, wenn er störrisch ist», antwortete der Knecht, der indes nicht dumm erschien, denn immerhin wußte er zu antworten und sich mit einiger Manier vor den Prinzen zu postieren.

«Man sollte ihn nicht quälen», fügte der Hochgestellte hinzu. «Ein Tier hat auch eine Seele».

Der Geringe wagte hier zu lachen, nicht laut und unbotmäßig gegen Louis, es war das knurrende Lachen des Dorfes, die stets gefesselte Fröhlichkeit derer, die schwer und

lange arbeiten. «Ich weiß nicht», wagte er zu antworten, «ob ein Tier, und sei es ein Pferd, das edler sein soll als ein Schwein, das immerhin zu Schinken und Wurst gemacht wird, eine Seele hat?»

«Es ist eine ander Art Seele», entgegnete der Prinz. «Der Mensch denkt, das Tier fühlt. Es gibt eine Verbindung zwischen Mensch und Tier. Man spürt sie, wenn man länger im Sattel sitzt und der Reiter den guten Geruch des Tieres in seiner Nase empfängt. Und ich glaube, ein Tier empfindet Freude oder Bedrängnis seines Reiters mit.»

Der Knecht schwieg, da ihm das Gesagte hoch erschien. Hoch vom prinzlichen Sattel her und hoch vom Gedankenflug. Sein Gehirn registrierte blitzschnell die Weisheit, daß die hohen Herren, sie mochten jung sein oder alt, freundlich oder hochmütig, von anderer Denkungsart waren. Obgleich, rein naturgegeben, Menschen wie alle. Daher, aus dem blanken Naturbezug, fuhr ihm verdammterweise – er fühlte es gleich, es war aber schon zu spät – die Redensart in Kopf und Mund: «Ein Reiter ohne Weib soll ha'm kein Lieb im Leib.»

Der Prinz fuhr auf: «Was heißt das?»

Der Knecht lachte jetzt blöde, winkte mit den Händen ab und erfuhr nun jene heiße Welle, die auch Louis kannte, nur eben aus einem anderen Grunde. «Es ist weiter nichts, nur eine Rede.» Er versuchte, sich in das Halbdunkel des Stalles zurückzuziehen, wo der Rappen stampfte und ungeduldig seine Bedienung erwartete.

«Sag Er, wie Er das meint», forderte Louis und zog sein Gegenüber leicht am Ärmel. Er ahnte den verborgenen Sinn der weisen Dummheit oder dummen Weisheit, wollte sie aber von dem Kerl bestätigt finden, der so unversehens und läppisch an einen verschwiegenen Befund herangeführt hatte.

Der Mann im Stall sträubte sich. Die Scham hemmte ihn. Vor seinesgleichen hätte sie ihn bestimmt nicht gequält. Er blickte dem Prinzen jetzt ins Gesicht und sah nun darin, daß der ein junger Mann war wie er selbst, die gleiche zitternde Er-

regung, die Stirn auch schweißig jetzt im warmen Dunst des Stalles. «Es heißt einfach», sagte der Pferdeknecht, «daß das Zupferdesitzen dem Manne auch Lust macht auf das Weib, und die Qual kann groß sein, wenn er es nicht hat.»

Der Prinz trat einen Schritt zurück, als suche er nun ebenfalls das halbe Dunkel des Stalles.

Der Knecht machte sich irgendwie zu schaffen. Das Tier stieß einen verlangenden Ruf aus und scharrte leicht mit den Hufen. «Es ist Zeit, daß ich mich kümmere.»

«Ich könnte Ihm dabei helfen», bemerkte Louis.

«Es ist unnötig, Euer Hoheit», antwortete der Stalldiener, «ich muß Ihnen aber sagen, daß der Rappe am besten morgen zur Schmiede muß. Wenn Durchlaucht ihn selbst dort halten wollten, bliebe er ruhig.» Er beklopfte das Fell des Tieres mit seiner warmen, vertrauten Hand.

«Adieu», sagte der Prinz, «und ich dank ihm für seine Rede.»

Die großen Herren sind doch wunderlich, sprach der heimliche Reiter des schönen Pferdes zu sich selbst und kraulte das Tier hinter den Ohren.

Der Prinz erschien pünktlich und adrett zur Tafel, aber er blieb unerklärlicherweise allein. Niemand hatte ihm eine Änderung mitgeteilt. Er läutete. Ein Diener erschien und erschrak über die Anwesenheit des Prinzen.

«Was ist los?» fuhr Louis ihn an.

«Durchlaucht wissen nicht . . .», begann der Lakei.

«Was weiß ich nicht?» empörte sich der Durstige.

«Seine Majestät haben den Kronrat zu sich befohlen.»

«Weswegen?» fragte Louis, «es ist mir kein Grund dafür bekannt.»

«Es ist» – der Mann stockte – «es soll wegen Paris sein. Ein Tumult. Eine Bastion soll erstürmt sein – vom Pöbel.»

«Der Pöbel erstürmt keine Bastion», fuhr Louis ihn erneut an.

«Etwas Ähnliches wohl, Euer Durchlaucht», haspelte der Erschrockene hervor und versuchte zu entschwinden.

«Meint Er gar die Bastille?» forschte Louis jetzt gespannt.

«Sie ist es wohl. Ein Gefängnis für große Übeltäter. Es soll aufgebrochen worden sein von Straßenräubern. Weiß Gott, was das bedeutet!»

«Geh Er jetzt», forderte Louis den sich Windenden auf. «Bring mir Braten und einen Schluck Wein!»

Der Diener lief wie befreit davon, um das Gewünschte zu bringen.

Er fand dann den Prinzen schlafend am Tisch vor. Sein Kopf ruhte auf dem damastenen Tuch. Der Diener wagte nicht, ihn zu berühren, so rief er nur: «Durchlaucht, es ist angerichtet.»

BORNIMER FELD

Man hatte Louis untersagt, ohne Begleitung die Stadt und Umgebung aufzusuchen. Wöllner teilte es ihm mit: «Es geschieht ausschließlich zu Ihrer Sicherheit, Prinz. In diesen Zeiten, man kann nie wissen . . .»

Der junge Mann gab sogleich zurück: «Der kursächsische Prinzenraub von 1455 ist lange her. Wer wollte mich wie weiland die prinzlichen Grünlinge Ernst und Albert in einen Wald verschleppen?»

Wöllner verzichtete auf jede weitere Bemerkung. Louis war ja zum Offizier ernannt worden, so konnten ihm alle Wünsche des Hofes einfach befohlen werden. Der Befehl war der beste Zügel für diesen Springbock von Prinzen.

Auch Rüchel machte davon reichlich Gebrauch. Er ordnete an, daß der gewöhnliche Unterricht vom Vormittag auf die Zeit nach dem Dinner gelegt wurde, die frühen Stunden hingegen der Teilnahme am Exerzieren der Truppen dienten. Der Prinz genoß dabei sichtlich die Frische des Tages, die Klarheit der Luft, die Kühle des eigenen Kopfes. Rüchel lehrte ihn die Kom-

mandos nach dem alten Reglement der Kavallerie. Aber e blieb stets bei den parademäßigen Evolutionen der Schwadronen, obgleich das anfangs weitgestreckte flache Feld von Bornim, das sich nach einigem Galopp in sanften Wellen nach Nordost fortpflanzte, zur Entfaltung der Reitermasse mit dem Höhepunkt einer Attacke geradezu verlockte.

Als der Prinz, übrigens nach langer Unterdrückung seines Wunsches, Rüchel darum bat, dieser angestauten Kraft einmal die Schleuse zu öffnen, zumal der Wind schon über die Stoppeln fuhr, beugte dieser sich zu ihm und sagte: «Man ruiniert allemal die Form dabei, die Revue gibt das Bild.»

«Aber ist die Revue auch der Krieg?» wandte Louis ein.

«Dann haben wir das Rezept des seligen alten Ziethen. Seine herrlichen Kuren: Leuthen, Liegnitz, Torgau. Heranstürmen und Niederhauen!»

«Ich weiß um die Siege, aber sie sind Historie.»

«Nichts ist Historie, nichts davon kann veralten, wenn Sie das meinen, Leutnant. Ein Pferd bleibt ein Pferd. Die Klinge bleibt die Klinge. Es sind die Monturen, deren Wandel man akzeptieren muß, obgleich die Schnürbrust Ziethens was Imponierendes an sich hatte.»

«Nichts kann veralten? Heute sprengt das Schießpulver die Burgen!»

«Wohl, wohl, das Klümpchen Schwefel und Salpeterdreck hat seinen Weg gemacht. Der Adel hat es aber erst erhoben.»

«Mit den fürstlichen Feldschlangen und Kanonen!»

«Nicht nur! Das Pulver ist geadelt durch's Duell mit Pistolen.»

«König Friedrich verbot das Duellieren!»

«Mit Milde, Prinz! Er kniff das eine, notfalls auch das zweite Auge zu. Nur offiziell galt: ‹Meine Offiziere sollen sich vom Feind erschießen lassen› ».

«Er war kein Diplomat.»

«Wozu auch? Ich höre ihn noch sagen: ‹Die Diplomatie, das ist die Armee› ».

«Das mag gewagt sein.»

«Alles ist Wagnis! Ich sehe es Ihnen, verzeihen Sie es einem Älteren, übrigens an der Nase an, daß Attacke über das Feld noch immer Ihr Wunsch ist.»

«Warum auch nicht?»

«Ich will es Ihnen besser erklären. Wozu ist eine Attacke nützlich, die Attrappe bleibt? Sie befehlen, die Reiter stürmen, die Erde spritzt hoch, das Ziel ist erreicht. Aber die Säbel müssen in der Luft erstarren, denn wogegen sollen sie gezogen werden? Die reinste opéra comique! Man bläst das Signal: Sammeln, Formieren, Retour. Sie ziehen die Bilanz: drei oder mehr Remonten gestürzt. Wozu frage ich Sie, solche Eskapaden mit dem teuren Heeresgut?»

«Erlauben Sie, daß ich doch eine Fehlrechnung darin sehe, einen wunden Punkt sozusagen oder um die Logik zu bemühen: einen circulus vitiosus ...»

«Sprechen Sie es offen aus, was Sie meinen, Herr Leutnant!»

«Es sollte einen Weg geben, das wirkliche Gefecht im Frieden so weit als möglich nachzubilden.»

«Die reine Illusion. Und unnötig dazu. Exerzierzucht in Formation, Übung der Evolution auf dem Platze, wo Sie jede Ungeschicklichkeit sogleich sehen und ahnden können, das ist preußisch und bleibt es auch für alle Ewigkeit. Sind wir Indianer, Neger, Eskimos?»

Louis' Rappe wurde ungeduldig, sein Reiter suchte ihn zu beruhigen. Erst mußte Rüchel das Zeichen zum Abtritt geben.

Die Schwadronen flossen zusammen. Die morgendliche Herbstsonne vergoldete das ohnehin strahlende Bild, worin die Farben rot und blau dominierten. Ein feiner Nebel von Staub erhob sich. Man roch die Pferdeleiber, das herbe Aroma des glänzenden Lederzeugs.

«Ein guter Herbst steht zu erwarten», bemerkte Rüchel und klopfte seinem Apfelschimmel ermunternd den Hals.

Louis spornte sein Tier leicht. «Ich muß noch nachdenken über das Stattgehabte», sagte er.

«Tun Sie es! Aber was die ausgefallene Attacke betrifft, so haben Sie immer Gelegenheit, die Jagd dafür zu nehmen. Der Feind sei der Hirsch! Ein nützlicher Feind übrigens, den man doch wenigstens für die Tafel zubereiten kann. Und mit einem guten Wein dazu ist er ein Gegner, dem man alles verzeiht.»

Sie ritten an die Aufstellung der Schwadronen heran. Die Kesselpauken und Bläser erhielten das Zeichen. Ein Stoß von Tönen ließ die Luft erzittern. Rüchel richtete sich leicht im Sattel auf. «Hören Sie es, Prinz! Dieser Klang hier geht doch ins Blut. Nicht Bach, nicht Mozart.»

Louis verzog das Gesicht, beherrschte sich aber sogleich. Es war die Art Rüchels, ihm mit Kritik zu kommen an Dingen, die dieser nicht verstehen konnte und wollte. «Lassen Sie es gut sein, Herr Generalmajor», entgegnete er, «eine jede Melodie zu ihrer Zeit und an ihrem Platz.»

«Meinetwegen, Prinz», schien Rüchel einlenken zu wollen. Louis spürte aber, daß heute nichts besser geworden war.

Das Feld zeigte sich ihm leer. Nur er saß hier noch im Sattel und spielte mit dem Zügel. Ein Tagtraum überkam ihn wie eine erlösende Ohnmacht. Öfter nahm er jetzt Zuflucht zu dieser Art «dazusein» und doch «woanders» zu sein. Es war nicht mehr das Bornimer Feld mit seinem dürftigen Gelbgras, den Disteln, dem Staub. Es war eine Landschaft voller Schönheit, Wärme und Harmonie, die sich zögernd wie ein Fächer entfaltete, dann auseinanderschlug und zu verharren schien. Irgendwo in seinem Innern gab es ein Klingen. Freude und eine unbestimmte Sehnsucht durchströmten ihn.

Etwas Äußerliches riß ihn dann meistens aus einem solchen Zustand heraus. Dieses Mal war es die Unruhe des Tieres, die das Bild zerriß, und er klopfte ihm dafür sogar zärtlich den Hals. Das Vertraute kam wieder in Sicht: die Stadt und das Schloß, die salutierende Wache. Aber es war ihm zu eng, die

Welt war viel größer als jene, die ihm vorgesetzt, vorgeschrieben wurde. Gab es nicht Venedig, Amsterdam, Madrid, London, Hamburg, das Meer und die Wüste, Gletscher und endlose Wälder? Und Amerika gab es, wo über die Prärien die Büffelherden donnerten.

Er dachte an den langen Nachmittag, der noch vor ihm lag ...

RIKE

Der Gärtner Lietze machte sich seit langem einen Spaß daraus, den Prinzen auf alte Art zu grüßen. Zu diesem Zwecke spreizte er die Beine, riß sich den Strohhut vom Kopfe und hielt ihn einige Augenblicke lang schnurgerade waagerecht von sich ab. Die fehlende Linke nahm der Schneidigkeit des Alten nichts. Den Prinzen anzusprechen wagte er allerdings nicht, das verstieß gegen alle Subordination.

Eines späten Nachmittags jedoch richtete dieser selbst das Wort an ihn. Der Frühling siebzehnhundertneunzig war an diesem Tage gegen Ende des März buchstäblich über Nacht gekommen. Die Reste des Winters, allerhand Windbruch und fauliges Laub lagerten noch auf den Wiesen und Wegen des Parks, und der Invalide tat sich mit dem Wegschaffen schwerer als vordem.

«Man macht dem Frühling Platz», sagte der Prinz, der unversehens hinter einem Baum hervorgetreten war.

«Es wird wieder Zeit, Euer Durchlaucht», tat der Arbeiter ihm Bescheid, nachdem er sein Begrüßungszeremoniell wie stets vollzogen hatte.

«Wann schließt man die Tore?» fragte der Prinz.

Der Mann schien nicht gleich zu verstehen, da ihn eine solche Frage gänzlich unvorbereitet traf. Er wagte aber auch nicht, sich nochmals zu vergewissern, ob er richtig gehört habe.

«Wer verfügt über die Schlüssel?» fuhr Louis fort.

«Es ist nicht mein Amt, Euer Durchlaucht, es fällt in das des

Obergärtners und Schließmeisters, dem jedesmal ein Grenadier beisteht.»

«Es ist gut», warf der junge Mann ein, der sich so gekleidet hatte, daß er für einen städtischen Bürgerssohn gelten konnte.

«Was steht dem gnädigsten Herrn zu Diensten?» erlaubte sich der Alte, denn er sah schon, daß der Prinz sich leicht enttäuscht und halb schmollend zum Gehen wandte.

«Es ist, daß ich jetzt zuweilen noch den Park aufsuche und auch ein wenig über ihn hinaus gelangen könnte, und über die Pforte mag ich nicht steigen. Auch ...», er stockte und zog mit einer Gerte, die er irgendwo aufgelesen hatte, einen Kreis im feuchten Sand des Weges, auf dem sie beide standen. «Es kann auch einmal sein, daß ich nicht allein daherkomme.»

Der Gärtner stutzte, sagte dann aber mit der größten Ruhe in der Stimme: «Ich bin oft noch spät im Park, mein Prinz, wenn Sie erlauben. Ich erkenne jeden an seinem Schritt.» Dabei fiel ihm ein, daß der Prinz soeben nicht nur von sich gesprochen hatte, sondern auch von einem Begleiter. Dessen Schritte konnte er nicht kennen. Mit Geistesgegenwart setzte er daher sogleich hinzu: «Und lieb wäre es mir, Euer Durchlaucht Schritte gewissermaßen doppelt zu vernehmen.»

Das war für einen alten Grenadier und Gärtner nicht dumm gesprochen. Aber Louis hörte auch einen Ton heraus, der ihm bedenklich schien. Lag hier nicht Einschmeichelei vor? Soldatenkeckheit, Kumpanei? Zugleich aber sah er auf dem Gesicht des alten Mannes, der, wie man wußte, dem König einmal einen bedeutenden Dienst erwiesen und dafür belohnt worden war, Güte und Verständnis.

Der Alte seinerseits sah jetzt nicht mehr die hohe Person eines Prinzen vor sich, er sah sich selbst, wie er in diesem Alter gewesen war, glühend vor Freude und Lust auf ein Mädchen, das er Fränze nannte und das Franziska hieß. Der Herr wollte es ihm verwehren, wie es noch immer üblich war auf den Gütern in Preußen. Da hatte er seine ganze List angewandt und dem Baron ein Schnippchen geschlagen.

Nun, sie standen immer noch auf dem regenfeuchten Weg, und die Sache schien unentschieden. Der Jüngling wußte nicht wohin. Noch ein Stück vorwärts oder eilig zurück? Dem Alten riet eine innere Stimme, jetzt abzuwarten, dem Herrn den Zug zu überlassen. Das Vorprellen ist selten gut, man kann sich allzuschnell einen argen Stüber dabei holen. Ein Eichhörnchen huschte über den Weg, wählte sich einen Baum und lugte von dort herüber.

Der Prinz bemerkte es und spürte sofort, daß hier die Rettung lag, für ihn und für den Alten. «Das will auch nicht allein sein». Er lachte und zeigte mit der Gerte nach dem rotbraunen Wuschel.

«Ich könnte der Schließronde sagen, daß ich ihr Amt an manchen Tagen übernehme, denn der Park ist doch so etwas wie mein Revier.»

Der Prinz trat einen Schritt auf den Einarmigen zu. Er roch den Branntwein aus der Kehle des Alten, der ihm aber sauber erschien und mäßig auch in diesem Laster. «Er liebt ab und zu einen Schluck?»

Der Alte wollte sagen: Wie die hohen Herren auch, aber er besann sich noch rechtzeitig und entgegnete nur: «Euer Durchlaucht, die Kälte fährt einem zuweilen in die mürben Knochen, da tut es dann gut.»

«Das kann man verstehen», räumte Louis ein. Er fuhr mit der Hand in die Tasche, brachte ein Silberstück daraus hervor und reichte es dem Mann.

Der Alte nahm es mit einer Würde entgegen, als stünde es ihm zu, verbeugte sich und leistete zum Abschluß nochmals den soldatischen Gruß.

Der Prinz wandte sich zum Gehen. Er verspürte beruhigende Sicherheit hinter sich. Und endlich sah er im Geiste schon das Mädchen, das er einmal bei einem Kurierritt kennengelernt hatte ...

Etwas hatte ihn damals zu dem See gedrängt, an dem das Petzowsche Gutshaus lag. Das Pferd zu tränken war nur Vorwand gewesen, um abzusteigen und sich dem Wasser zu nähern. Er hatte über die seltsame Erscheinung des Narzismus gelesen, dieses Sich-selbst-Bespiegeln in Kristall oder besser noch in klarem, bis auf den Grund durchsichtigem Wasser. Auf dem Pferd sitzend war ihm der Drang unwiderstehlich gekommen. Das Wasser lockte Mensch und Tier. Er gab nach. Zuerst hockte er nur dort und sah keine Möglichkeit, sich selbst zu sehen. Das hochragende raschelnde Schilf zerschnitt das Bild, ehe es sich formen konnte. Er band das Pferd an eine alte Weide, ging ein paar Schritte zur Seite und fand eine zierliche Bucht, worin das Wasser beruhigt stand. Er spürte das Lächerliche nicht, zu dem er sich jetzt anschickte. Sein Antlitz zeigte sich im Wasser, er tauchte die Hände dort ein, kühlte sich die Stirn, befeuchtete das Haar. «Louis», sagte er zu sich selbst, «du bist schön und du bist auch gut, aber du weißt selbst nicht, wer du bist.»

Da hörte er ein Kichern. Er wandte sich rasch um. Jemand schlug sich durch das hohe Gras, fiel aber dabei hin und begann zu lachen, wie er noch nie jemanden hatte lachen hören. Das prustende, jubilierende Lachen eines Mädchens. Louis war aufgesprungen, hatte ein paar Sprünge in das hohe dunkelgrüne Gras getan und die Quelle des frischfrechen Spottes entdeckt. «Wer bist du?» rief er sie an, und sie antwortete keck: «Wer soll ich denn sein, du Schöner, Allzuschöner!»

Louis fühlte sich sehr verunsichert bei diesem jähen Bezug auf ihn. War das nun Hohn: du Schöner, Allzuschöner?

«Meinst du mich?»

«Wen sonst?» gab sie zurück. «Glaubst du vielleicht, ich könnte dein Pferd meinen?»

«Natürlich nicht», antwortete er und spürte, daß er schon verspielt hatte. Er ging auf sie zu. Sie reichte ihm die Hand, damit er ihr behilflich sei beim Aufrichten, aber sie machte sich absichtlich schwer, um ihn zu foppen.

«Wer bist du?» warf er ihr zu.

«Ein Fischweib», antwortete sie schlagfertig, «denn mein Vater ist hier Fischer. Aber du bist auch ein Fisch, ein seltener, edler Fisch, vielleicht kommst du sogar aus einem Märchen.»

Da hatte Louis gelacht und ihr geantwortet: «Vielleicht hast du recht». Nach kurzem Überlegen setzte er hinzu: «Aber nein, eigentlich möchte ich zuerst ein Mensch sein und kein Fisch.»

«Das ist manchmal schwer – hat mein Vater gesagt, vor allem, wenn einer ein großer Herr ist.» Sie hatte aufgehört zu lachen, was Louis recht war.

«Es muß aber nicht immer stimmen.»

«Du gefällst mir jetzt besser, als eben über dem Wasser», bekannte sie ohne Scheu.

«Siehst du nie in den Spiegel?»

«Doch, am Sonntag, nach dem Aufstehen, da schau ich mich an und frag mich so wie du, ob ich schön bin und wohl noch schöner werde?»

«Du weißt ja nicht, weshalb ich in das Wasser schaue. Mein Grund kann ein anderer sein als deiner.»

«Wenn schon!» Sie stand vor ihm. Barfüßig. Das Haar wie eine Glocke aus gedunkeltem Kupfer. «Du blutest ja!» rief sie, ergriff seine Hand und saugte das Blut von seinem Finger.

«Bist du eine Hexe, daß du Blut trinken mußt?» Er zog aber die Hand nicht zurück.

«Jetzt ist das Gift raus. Und außerdem: Hexen verstecken sich nicht im Gras. Sie kommen auch nur nachts.»

«Wo wohnst du?» fragte er.

«Gleich im Dorf. Aber wir sollten uns nicht zusammen sehen lassen.»

«Warum nicht?»

«Es schickt sich nicht.»

«Du warst nicht sehr erschrocken. Eher war ich es.»

Da war sie aufgesprungen und davongelaufen. Später hatte er sie gesucht und auch gefunden. Sie hieß Ulrike.

Auch heute saß sie versteckt hinter dem niedrigen Gebüsch. Er winkte ihr von weitem. Wieder würde sie ihm nicht in den Park folgen wollen, es war immer dasselbe Spiel. Aber er konnte dieses beobachtete Revier jetzt auch verlassen, ihren Wünschen entsprechen. Er fühlte sich frei — oder doch freier als vordem.

DAS PRÄDIKAT

Wer es ihm zuerst angehängt, bösartig oder bloß neckisch, konnte von ihm niemals festgestellt werden. Es konnte von der verhaßten Lichtenau, der Mätresse des Königs, gekommen sein oder auch von Reichardt, dem Kapellmeister am Hofe.

Genieprinz.

Hatte der Musiker es als Anerkennung geprägt? Die Lichtenau dagegen mit ihrer spitzen Zunge hätte es nur als Anzüglichkeit in vieler Hinsicht gemeint. Er horchte herum, ob das Wort die Runde machte. An Höfen breiten sich derlei Dinge wie Strohfeuer aus. Leider erloschen sie aber nicht ebenso schnell. Doch Louis fand nichts heraus. Man hütete sich auch vor ihm.

Dennoch dachte er über den Inhalt des Wortes «Genieprinz» nach. Vor allem wollte er jede Lächerlichkeit, auch nur den Anflug davon, von sich abwehren. Er kannte genügend Leute, die ein besonderes Prädikat verdienten, die Lichtenau beispielsweise mit ihren lindgrünen Schleppen und Rüschen, die an ein tänzelndes Krokodil erinnerten, das der König schamlos vor aller Augen abschmatzte. Einmal hatte er sie gefragt: «Wie geht es dir, meine Liebe?» Da hatte sie geantwortet: «Mir ist, als fehlte mir seit gestern ernstlich etwas.» Seine Majestät: «Ist der Arzt gerufen?» Sie wieder: «Ich meine den Juwelier. Haben Sie mir nicht nächtens den hübschen Rubin versprochen?»

Sie brachte es fertig, selbst ihn, Louis, mit ihren Schmachtaugen zu fixieren, mehr noch, ihn förmlich anzusaugen, was er jedesmal mit einem Wegdrehen quittierte. Seine Majestät machte sich aber auch über solch menschliche Schwächen hinaus lächerlich. Sogar im Kronrat, wie man hörte, wenn er den renitent gewordenen Franzosen kreischend androhte, sie zu zerschmettern, sich aber im nächsten Punkt herausstellte, daß der Artilleriepark nur Rohre aus Friedrichs Zeiten besaß, weil das Geld – Schmettau behauptete es – in Firlefanz gesteckt worden war.

Genieprinz.

Er quälte sich mit dem Wort, aber je länger er darüber nachdachte, umso mehr gewann er ihm etwas von der Art ab, wie damals, als er sein Antlitz im Wasser sehen wollte. Eines Morgens erschien er früher im Stall als sonst. Der Knecht hatte ihn zu dieser Stunde nicht erwartet, verbarg aber sein Erstaunen und auch seinen leichten Schreck darüber. Der Rappe verlangte sogleich nach seinem Herrn.

«Vulcan, hab Geduld!» rief er ihm zu. Das Tier blähte die Nüstern und wieherte freudig. «Er hört mich schon noch ehe er mich sieht», sagte Louis zu dem Knecht.

«Die Seele, Durchlaucht».

Der Reiter lachte: «Er hat den Schwatz nicht vergessen?»

«Im Stall läßt sich immer gut schwätzen. Man striegelt und redet dabei, Durchlaucht».

Den Prinzen durchfuhr plötzlich der Gedanke, ob er in letzter Zeit nicht gelegentlich zu weit ginge mit den Leuten, zu viel Vertraulichkeit konnte den Respekt reduzieren. Er selbst hatte ja das ordinäre Wort Schwatz gebraucht, der Mann darauf geantwortet. Das Wort blieb im Raum stehen, es löste eine Frage aus, die unwiderstehlich Antwort verlangte: «Was wird noch geschwatzt, so außerhalb des Hofstalls?!»

«Immer nur das Bekannte, Euer Gnaden, einmal das Wetter, die Mucken der Gäule, dann ob es losgeht, was die Franzosen betrifft.»

«Und was redet man über mich?» Die Frage schoß ohne jede Vorsicht heraus. Louis erschrak selbst darüber.

«Man liebt Sie, gnädigster Herr.» Er zögerte kurz. «Nicht alle liebt man hier».

«Wie lieben?»

«In einem besonderen Sinne, Durchlaucht».

Louis lachte wie ein Junge. Das gab dem Pferdepfleger Mut. «Man nennt Sie, Euer Durchlaucht wollen es mir gütigst verzeihen: Genieprinz».

Da hörte er es wieder. Erwartet und doch überraschend.

«Was soll das bedeuten?»

«Es soll wohl sagen, daß Euer Gnaden so etwas wie die höhere Gabe haben, wovon unsereins nicht weiß, wo es herkommt und wie es vor sich geht. So, wenn Durchlaucht am Instrumente sitzen und ganz plötzlich Musik einkommt, die es vorher nicht gegeben hat.»

«Dies meint Er also».

«Nicht allein. Es kommt, verzeihen Sie, Euer Gnaden, noch anderes dazu.»

«Heraus damit!»

«Man sagt, daß Sie auch sonst die Gunst haben.»

Der Prinz stampfte jetzt mit dem bestiefelten Bein auf. «Was hat Er für große Worte in seinem Stall!»

«Die Gunst ist: wenn andere einen mögen.»

«Beobachtet man mich? Spioniert man mir gar hinterher, sogar aus dem königlichen Stall?»

«Nennen Sie es nicht so, Euer Gnaden, aber man sieht auch ohne große Augen, wohin einer geht und woher er kommt. Auch in einem Stall ist man nicht blind.»

Louis hatte unversehens nach einer Forke gegriffen. Der harte Holzgriff tat seinen Händen gut, und er hatte Lust, das Gerät zu probieren. «Nennt Er mich auch so?»

«Ich bin respektierlich, Durchlaucht, aber ich darf es wohl in Ehren denken.»

«Er zieht sich gut heraus.»

«Das vielleicht nicht, Euer Gnaden, aber der Dienst fordert auch seine Gehörigkeit im großen wie im kleinen.»

«Er ist nicht schlecht erzogen.»

«Ich bin ganz einfach erzogen, Durchlaucht, wenn das Wort hier überhaupt zutrifft. Wir sind acht Kinder gewesen, drei Jungen, fünf Mädchen. Die Mutter starb früh an einem neunten

Er hatte ihr ein paar hübsche Kleider geschenkt . . .

Wurm. Das Brot war immer knapp. Der letzte Krieg unseres gnädigen Königs wollte nicht aufhören. Was ich kann, ist das gewöhnliche Bauernwerk, die Liebe zu den Pferden liegt mir im Blut. Lesen und schreiben kann ich nicht, aber ich würde es gern lernen wollen.»

Louis hatte sich die Rede des Stallmenschen schweigend und leicht verwundert angehört. Es war Anstand in ihr gewesen, kein Gran von Rebellion, wie im Schloß allenthalben vermutet wurde, namentlich was die niederen Dienstleute anging.

«Also bin ich der Genieprinz», sagte er, gleichsam als Resümee dieser Morgenstunde, zu sich selbst. Und er dachte: dann kämen mir wohl auch ein paar Geniestreiche zu. Vielleicht, daß ich der Lichtenau als erstes die Zunge herausstreckte ...

Am Abend traf er sich wieder mit Ulrike, Rike genannt. Er hatte ihr ein paar hübsche Kleider geschenkt, und es war schwierig genug für ihn gewesen, sie zu beschaffen. Trotzdem trug sie sie nicht, zog sie nur einmal an, weil er darauf bestand. Aber sie fühlte sich darin nicht wohl. Er nahm sie sacht am Arm und sagte: «Heute hatte ich ein merkwürdiges Gespräch. Ausgerechnet im Stall erfuhr ich was über mich.»

«Vielleicht kannst du es auch von mir erfahren», antwortete sie, und ihre Zähne schimmerten wie eine Perlenschnur.

«Weißt du, wie man mich außerhalb der großen Hofanreden noch nennt?»

«Ja, das weiß ich, mein Genieprinz», flüsterte sie, lachte leicht auf, zog ihn zu sich herunter und küßte ihn.

Er löste sich, hielt aber den rechten Arm fest um sie. «Woher kommen solche Reden?»

«Wozu fragst du wie unser Amtmann im Dorf. Was ist dabei? Nimm es als nichts. Du bist eitel und suchst überall etwas Besonderes für dich.»

«Du weißt nicht, was ein Genie ist.»

Sie überlegte nicht lange. «Ein Genie ist, wer einen herrlichen Zander oder einen anderen großen Fisch wie mit einem

Zauberschlag aus dem Wasser holt, so, daß alle anderen neidisch werden.»

Louis umschlang sie übermütig. Schritte waren zu hören. «Das ist der alte Gärtner, er ist mit uns im Bunde.»

«Na, siehst du, daß du ein Genie bist?» Und das klang keinesfalls spöttisch.

TAROCK

Der Streit währte nicht lange, gedieh aber rasch zu schneidender Schärfe. Grawert, der immer noch über den Feldzügen des toten Königs saß, auf mottenzerfressenen Karten die damaligen Anmärsche vermaß und aus den Lineamenten längst aufgelöster Garnisonen, Magazinen und festen Punkten geometrische Figuren konstruierte, die er das Palladium des Sieges nannte, lehnte es für sich rundherum ab, aus dieser Busch-Rangelei der Teepflanzer und Tabakpaffer — so titulierte er den Krieg zwischen den amerikanischen Kolonisten und der großbritannischen Krone von 1775—1783 — auch nur die geringsten Schlüsse zu ziehen.

«Man hat gehört, daß jene wie die Erdwürmer den Boden suchten und sich allerlei Blattwerk um die Köpfe wanden. Die reinsten Indianer mit Schleichen, Ducken, Decken, gar noch die Waldvögel nachäffend als Signal und Order, Strauchteufel allenfalls, aber beim besten Willen keine präsentable Truppe. Und wenns die Franzosen ihnen nachtun, dann paßt es gerade zu deren Affektiertheit und Allotria. Aber wenn es bei uns auch schon Leute gibt, die Überdenkenswertes dabei empfinden . . .»

«Wer sollte ihnen das Ohr hinhalten», fragte jemand aus der Runde.

«Mag hinhören wer will», entgegnete Grawert sogleich, «Hauptsache der Prinz gerät nicht, wie es leicht seine Art ist, zufällig in eine solche Ronde. In ihm schäumt's schon ohnehin genug. Seine Majestät hat zudem Observation über den jungen

Herrn verhängt, nicht gerade übermäßig streng, aber immerhin.»

Der alte Hofrat Söll, wie immer ein Glas seines geliebten Burgunders vor sich, lachte. «Vielleicht sehen Sie es zu streng, Verehrtester. Das Alter hat seine Grillen und die Jugend auch, nur die Grillen der jungen Leute summen mehr herum, und das ist es, was uns leicht nervös macht, ja schockiert.»

«Vielleicht zieht es Sie auch schon heimlich zu den Herren mit Federputz und Kriegsbemalung an Stirn und Wangen?»

«Es ist fraglich, lieber Grawert, ob diese Schwarmgeister jemals eine Rothaut gesehen haben, denn bei den Gefechten der Engländer, Hannoveraner, Hessen undsoweiter gegen die Kolonisten haben die Ureinwohner mit gutem Grund Distanz bewahrt. Was sollten sie auch tun? Ob die Siedler wieder zurück mußten unter die englische Krone, oder ob sie ihr eigenes Geschäft aufmachen konnten, die Rothaut verlor doch bei jedem Ausgang ihr angestammtes Land.»

«Sie reden heute wie der reinste Menschenfreund, mein Lieber, vielleicht haben Sie gerade Rousseau hinterm Federkissen liegen?»

«Nichts habe ich da liegen, lieber Grawert, höchstens meine bewährte Emulsion aus Arnica und Salbei.»

Grawert schüttelte sich und zeigte auf das geschliffene hohe Weinglas seines langjährigen Freundes. «Trinken Sie lieber das, so können Sie noch erleben, wie Friedrichs Adler die ganze Welt als Beute nimmt.»

Alle lachten jetzt. Wie immer hatte sich Grawert als der amüsante Unterhalter erwiesen. Es stimmte einfach nicht, daß er verknöchert war oder alles nur mit den Augen des toten Königs sah . . .

Die kleine Gesellschaft brach auf. Söll verweilte noch einige Augenblicke, wie Grawert es gewöhnt war nach den regelmäßigen Treffen an den Donnerstagen. Der Hofrat stand unter einem gerahmten Ölbild. Er hatte das mit Perlmutt geschmückte Lorgnon gezückt und schien nach einem Detail zu forschen. Grawert beobachtete ihn mit milde verstehendem Lächeln. «Ja, sehen Sie es sich nur immer wieder an, lieber Söll, es bleibt doch immer wieder herrlich, wie der Maler das für alle Zeiten hingesetzt hat. Unsere Kavallerie und die Grenadiere bei Roßbach siebenundfünfzig. An einem fünften November war's. Der General Soubise und seine Franzosen, sie liefen wie der Teufel vor dem strahlenden Gott. Und die Reichsarmee dazu. Der Prinz Sachsen-Hildburghausen konnte einem leid tun, trotz alledem, aber warum wollte er uns auch ans Leder?!»

«Ich kenne das Gemälde ja zur Genüge», bemerkte der Hofrat, «aber es ist sozusagen immer der Abschluß bei Ihnen, der letzte gegenständlich-schöne Anblick vor dem Gehen.»

«Heute gebe ich Ihnen dazu noch etwas auf den Weg mit, Verehrtester. Die Monarchien, Preußen an der Spitze, sind seit der Pillnitzer Konsultation definitiv entschlossen, den rebellischen Franzosen an den Hals zu gehen. Der Herzog von Braunschweig soll schon seine Dispositionen gemacht haben. Und das hieße Krieg! Und es wird wieder so kommen, wie auf dem Bilde, das mir das liebste ist unter allen meinen Ölen. Die Reiterei an den Flanken. Die Tamboure schlagen die Trommeln. Die Linien rücken vor. Bauz, Kamerad, du sinkst um, aber es macht nichts, es wird aufgeschlossen, und weiter geht es, vorwärts!»

Der Gastgeber hatte sich in Eifer geredet. Der Hofrat sah ihn an, bemerkte sein Glühen und wurde besorgt. «Grawert, Sie emotionieren sich zu übermäßig. Wir haben die Spielkarten hinter uns und ein paar Gläser Wein. In unserem Alter ...»

«Ich halte noch immer mit, mein Lieber!» rief das Mitglied des Oberkriegskollegiums. «Erlauben Sie, mit fünfundvierzig Jahren? Sie natürlich mit Ihren guten sechzig ...»

Söll überhörte es geflissentlich, er schrieb es der Begeisterung zugute.

«Hören Sie, Hofrat», sagte Grawert, von dem es hieß, er steige schon nächstens in den Generalsrang auf. «Sie könnten mir, beziehungsweise uns, dennoch einen besonderen Gefallen erweisen. Wenn Sie sich die Gedanken unserer Amerikafahrer in deren Runde einmal anhörten, so machte dies im Unterschied zu mir kein großes Aufsehen. Seine Majestät, ich hörte es gestern, legt etlichen Wert darauf, zu hören, was manche Leute jenseits des großen Teiches an Erfahrungen gesammelt und mitgebracht haben. Was Gescheites kann es nicht sein, aber wenn es hier umzulaufen beginnt, kann es die Ordnung stören. Die vortreffliche Schlacht- und Gefechtsordnung Friedrichs darf niemals verjuxt, zum Ruin gebracht und mit ihr der garantierte Triumph geopfert werden.»

«Nun ...», der Hofrat machte einen Versuch, etwas zu bemerken, aber Grawert zeigte keine Geduld und fuhr sogleich fort.

«Gut, man mag einwenden, daß manche Freiheit den Neuamerikanern drüben zum Nutzen gewesen ist, aber bedenken Sie doch, daß diese Teesäufer keine Truppe sind, keine ordentliche Linie, sondern pure Bande. Wie hoch wären außerdem die Desertionen, wenn wir jedem Muschkoten dieses sogenannte Tiraillieren gestatteten?»

«Ich weiß nicht, Oberst, ob ich mich eigne zu solchem Auftrag. Es liefe ja auf ein gewisses Horchen hinaus.»

«Und wenn schon! Gehen Sie nur hin. Notieren Sie auf die Manschetten, was man dort sagt und denkt. Seine Majestät wird Ihnen dankbar sein.»

«Gerade die Freitage werden mir oft sauer, da fällt mich die Unpäßlichkeit leichter an als sonst.»

«Der große König war des Freitags frischer denn sonst. Das ist verbürgt. Schon die Bezeichnung Freitag ging ihm wider den Strich, da hatte keiner eine ruhige Minute bis in die Nacht hinein. Seine Majestät, das sage ich Ihnen, Söll, hat den Freitag vertilgt, so daß jeder sich auf den Sonntag freute. Und kam der heran, so machte ihn Friedrich abermals futsch mit einem plötzlichen Alarm.»

«Ich hörte die Leute öfter fluchen deswegen.»

Grawert lachte. «Dagegen hatte der König nichts. Er nannte das Fluchen die große Purifizierung, Reinigung der Seele also.»

Der Hofrat drängte zum Aufbruch, denn er hatte draußen die Kutsche vorfahren hören. «Leben Sie wohl, lieber Grawert,» sagte er, «und nehmen Sie wie immer meinen aufrichtigen Dank für den gelungenen Abend». Er verbeugte sich und schritt durch die von einem Diener lautlos geöffnete Tür hinaus.

Grawert rief ihm noch hinterher: «. . . und denken Sie, Verehrter, hübsch an den Freitag mit den Indianern.»

Der Hofrat hörte es und dachte bei sich: meinen Skalp sollst du nicht haben.

VULCAN

Menz, der Stallknecht, dem Seine Hoheit Prinz Louis Ferdinand von Preußen die höchsteigenen Pferde anvertraute, grämte sich. Er grämte sich über den Zustand des Rappen Vulcan. Als starke Teile der preußischen Armee 1793 nach dem Rhein aufgebrochen waren, um die Stadt Mainz den französischen Revolutionstruppen und den mit ihnen sympathisierenden deutschen Republikern unter Georg Forster wieder zu entreißen —, zählte jeder Kenner Vulcan zu den bewundernswertesten Geschöpfen seiner Art. Nun aber war das Tier nur noch ein Schatten seines früheren Pferdelebens.

Menz kümmerte sich neben der sonstigen Fürsorge, die er der Kreatur selbst nachts noch unter Aufopferung mancher Stunde seines Schlafes zuteil werden ließ, vor allem um gewisse Wunden, die das Tier bei dem seltsamen Feldzug davongetragen hatte. Er kannte sich aus in Pferdeblessuren, die durch Gewehrschüsse, Splitter platzender Kanonenkugeln oder scharfe Klingen hervorgerufen worden waren. Aufmerksam das eingerissene Fell beschauend, die nach innen gehende Wunde mit selbstbereiteten Kräuteraufgüssen behandelnd, zerbrach er sich den Kopf, welchen Ursprungs der an einen Dreiangel erinnernde Schaden am Hals des Tieres sein könnte. Auch ein blutig schwärendes Auge des Tieres quälte ihn.

Häufig stand er vor Vulcan, redete ihm gut zu und stellte regelrechte Fragen an den Vierbeiner: «Nun sag schon, was du angestellt hast, dummer Kerl? Oder was hat da einer mit dir gemacht?»

Vulcan neigte den Kopf und gab einen heiseren Ton von sich. Sein sonst so ungeduldiges Stampfen in der Frühe hatte sich verloren, nur wenn Menz ihn in die Sonne führte, schien von der gewesenen Kraft ein wenig in den Körper zurückzukehren.

Eines Morgens warf Vulcan unversehens eine angelehnte Forke um. Menz sprang dazu, damit das Tier sich nicht abermals verletzte. Da fiel ihm wieder jenes schon ferne Bild ein, wie der Prinz das Gerät in die Hand genommen, als wollte er auf den Stallknecht losgehen. Er ergriff deshalb die Forke und beschaute sie sich zum ersten Mal genau, vor allem die eisernen Zinken. Dann trat er bedächtig zu dem Pferdeleib und untersuchte die Blessuren. Das Auge des Pferdes ließ er zunächst ohne Betracht.

Menz' Kopf arbeitete. Er spürte, wie ihm der Schweiß ausbrach, obgleich er doch nichts tat, was ihn körperliche Kraft gekostet hätte. Er beruhigte Vulcan, denn von Menz schien eine geheimnisvolle Spannung auf das Tier überzugehen, obgleich es gegenüber dem Knecht auch jetzt keinerlei Furcht zeigte. Im Gegenteil. Der Rappe neigte immer wieder den Kopf und suchte die direkte Berührung zu dem Menschen, so daß es Menz, der noch immer angestrengt nachdachte, schon ein wenig lästig wurde. Er hoffte nur, daß jetzt niemand in den Stall träte, weil der Kontakt mit dem Tier sonst sofort ganz anders verlaufen würde. Die Schritte und Rufe der anderen Knechte draußen gingen aber vorüber, er blieb noch allein.

«Nun sag, Vulcan, wer hat dir weh getan dort in Mainz?» Menz streichelte das Tier mit seiner trockenen warmen Hand und spürte, wie eine dankbare Bewegung über den hier und dort eingerissenen schwarzen Samt lief. Menz wußte es ja schon, als er an diesem Morgen wieder die Forke gesehen hatte. Eben mit einem solchen Werkzeug ungefähr mußte es geschehen sein, und auch das blutig-schwärende Auge sprach jetzt zu ihm. Sicherlich hatte ein Stein es getroffen, aufgehoben vielleicht von einer staubigen Straße dort, wo Häuser zu beiden Seiten lodernd gebrannt hatten.

Wer aber stach mit einer Forke, warf mit einem kantigen Stein in einem Kriege? Menz sah den Reiter des Pferdes, den Prinzen Louis Ferdinand in seiner leuchtenden Uniform, die silbernen Sporen an den hohen Stiefeln, den wehenden Federbusch am Hut. Er ritt Galopp und hielt in seiner Faust den Knauf des Degens, bereit zum tötenden Stich. Und Menz sah Gestalten, fliehende und verharrende, ganz ohne Glanz, grau vor Staub und rußgeschwärzt, die Münder geöffnet wie blutende Löcher. Eine dieser Gestalten, vielleicht auch zwei, drei und noch mehr, streckten eine Forke hoch, dem Rappen Vulcan entgegen. Ein Klumpen, Granit, wie es schien, flog durch die Luft und traf des Pferdes Auge.

Menz hatte seine Arme um den Hals des Tieres geschlungen. Ein Beben überkam ihn. Er weinte. Er empfand es als Qual und Erlösung zugleich. Das Pferd scharrte im Stroh. Menz wußte nicht mehr, wie lange er so bei der Kreatur gestanden hatte. Er fuhr sich mit der Hand über das Gesicht und anschließend dem Tier. Er fand, daß dieses Tier jetzt auch ein Antlitz hatte wie ein Mensch.

Als der Stallhelfer, ein schielender unbeholfener Junge, hereintrat, herrschte Menz ihn an, wie er es selten tat. «Was suchst du jetzt hier?!»

Der Junge sah seinen Meister erschrocken an. Er wollte schon fragen, ob Menz vielleicht krank sei, unterließ es aber, weil er soviel Zorn in dessen Augen sah oder noch etwas anderes, was er nicht hätte erklären können.

Menz tat an diesem Tage nicht mehr sehr viel. Es war gegen seine Gewohnheit, den Tag so untätig hinzubringen, ihn nur mit Nachdenken auszufüllen. Er ließ Vulcan im Stall, gab ihm aber besonders reichlich Hafer, obgleich das Tier nur lustlos darin herumblies und mit seinem heißen Atem das gute Futter verstreute. Der Stallknecht lag dann auf einer bunt erblühten Wiese, hielt die Hände unter den Kopf und starrte in den blauen Himmel. Als ihm kalt wurde, stand er auf, ging aber nicht noch einmal in den Stall. Er wußte, daß der Junge alles besorgen würde was notwendig war.

Menz hoffte trotzdem, daß der Prinz noch einmal in den Stall kommen würde. Er hatte sich vorgenommen, kein Wort über sein Wissen zu äußern und wollte der Durchlaucht nur zeigen, was er zur Pflege des kranken Tieres alles unternahm. Er wartete aber viele Wochen vergeblich, in denen Vulcan schon wieder ein besseres Aussehen zeigte. Das Tier drängte jetzt auch selbst wieder stärker ins Freie. Wenn die Tür geöffnet wurde, wandte es sich um und suchte das Sonnenlicht. Sein Auge schien langsam auszuheilen, das Fell begann von neuem zu schimmern.

Menz befürchtete allerdings, daß Vulcan zu bequem werden könnte, so daß er hinsichtlich seines Zweckes an Wert verlöre. Er wagte aber nicht, das Tier in aller Öffentlichkeit auszureiten, und von Louis Ferdinand kamen keine Weisungen, wie er verfahren sollte. Er hatte gehört, daß neue, junge Tiere gekauft worden waren, darunter auch für Louis. Sie wurden aber nicht mehr ihm, Menz, anvertraut, obgleich er sich nie eines Vergehens schuldig gemacht hatte. Ein neuer, besserer Stall war errichtet, ein vornehm tuender Stallmeister vom Königlichen Marstallamt zur Aufsicht bestimmt worden. Menz verspürte keine Lust, dort zu dienen. Obgleich er es niemandem sagte, wartete er hier noch weiter auf den Prinzen, er war ziemlich überzeugt, daß er noch einmal in den alten Stall schauen würde, um Vulcan wiederzusehen.

Menz behielt recht. Eines Tages erschien der Prinz militärisch gekleidet im Stall. Der Knecht hatte ihn nicht gleich erkannt. Er hatte nur Stiefelschritte vernommen und im Halbdunkel des Raumes einen farbigen Umriß bemerkt. Sogleich grüßte er, wie es sich für ihn gehörte. Der hohe Offizier nickte, winkte ab. Ein Rest von Bekanntsein oder sogar Vertrautsein schwang darin mit. Menz blieb aber recht auf der Hut.

Vulcan erkannte seinen Herrn. Er bäumte sich leicht auf und gab ein beinahe fröhliches Wiehern von sich. Der Prinz trat an den Schwarzen heran, achtete aber darauf, sich nicht zu beschmutzen. Auch Menz sorgte dafür, daß dies nicht geschah. Er hielt das Tier straff und räumte mit dem rechten Fuß unauffällig etwas beiseite. Menz hatte ein Gefühl, als bestaune Vulcan die noch prächtigere Kleidung seines ehemaligen Reiters. Die Pferdenase wollte sich an dem rotgefärbten weichwollenen Ärmel des Herrn reiben, aber dieser zog ihn rasch zurück, so daß sich das Tier erschreckte und nach hinten trat.

«Was hat er?» fragte der Prinz. «Er ist anders als sonst».

Menz schwieg ein Weilchen, merkte aber, daß er irgendetwas sagen mußte. Er sah auch, daß der Herr die Stirn runzelte. «Er war lange krank, Euer Durchlaucht.»

«Was hatte er?»

Menz antwortete: «Er wurde im Feldzug lädiert.»

«Ja, ich entsinne mich. Irgendein Subjekt vergriff sich an ihm, und ich haute es nieder. Die Schanze bei Zahlbach! Franzosen und Deutsche zusammen, Jakobiner, Revolutionsmacher, Königsmörder!» Er streckte seine Hand nach dem Tier aus, aber es zog sich zurück. «Ich hätte Ihn dort brauchen können, als Burschen für Vulcan. Vielleicht wäre er zu retten gewesen.»

Menz schluckte. Er sagte: «Wenn Euer Durchlaucht gestatten, das Tier ist wiederhergestellt. Wenn es geritten wird, zeigt es bald, was es kann.»

Der königliche General winkte ab. «Der alte Glanz ist hin. Führ Er es dem Oberstallmeister vor, der mag es einen Leutnant reiten lassen, dazu taugt's noch allemal.»

Menz nahm Abschied von Vulcan. Er redete ihm gut zu, und das Tier schien zu verstehen. «Du mußt jetzt woanders hin. Es geht uns allen so. Immerzu woandershin. Die Hauptsache bleibt: Dort ist ein Mensch. Aber wer kann das vorher wissen?»

FRÜHER BESUCH

«Wer ist es?» rief Louis ungehalten, obgleich der Diener den Namen des Ankömmlings deutlich genug gemeldet hatte. Ihm dröhnte der Schädel von dem gestrigen Gelage. Weiß Gott, wieviele Flaschen es gewesen waren, dazu der Qualm des Tobacks, durch den die Gesichter wie weiße Masken hindurchgeschimmert hatten. Dann war irgendetwas passiert. Ein Gelärm vor den Fenstern der «Probierstube», deren Name schon ein Witz war. Ein Gescharre, Gewetze und albernes Wehklagen aus der Kehle eines Wesens. Dazu der pladdernde Regen ...

Ziemlich spät war es gewesen, als dieser Leutnant von Marwitz, hm, ausgerechnet vor der erleuchteten Eingangstür der Restauration, sich flüssigerweise erleichtert hatte. Und just in diesem Moment war das Wesen gekommen, ein zufälliger Passant aus Bürgerstand. Und der hatte sich laut empört. Nun ja, der gute von Marwitz hatte gebrüllt, etwas über stinkende Bürgerkanaille, die es wagte, einem Offizier seiner Majestät Vorhaltungen zu machen. Und dann die Hiebe auf den sich mit bloßen Händen Wehrenden, Schutzflehenden, ja sogar um Beschwichtigung Bemühten, wie Marwitz es dann — ehrliche, wackere Haut — selbst dargestellt hatte.

Es war Stein, der ihm soeben gemeldet worden war. Was wollte der Freiherr von ihm zu dieser morgendlich-verquälten Stunde? Vielleicht, daß er ihm beim König behilflich sein sollte in einer finanzökonomischen Sache, in einer Angelegenheit des scheußlichen Zollsystems, durch das ohnehin keiner durchsah, nicht einmal die Zöllner selbst. Finanzen, Ökonomie, Administration des Staates, gräßlich, womit ihm Stein da mitunter in den Ohren lag, obgleich es auch wieder interessant sein konnte auf andere Art.

Er ließ ihn nicht warten, verzichtete aber auch auf eiliges Zurechtmachen von Frisur, Hemd, Gesicht, die ihm auch ohne Spiegel noch sattsam übel vorkamen. Die Ökonomie drängte sich herein. Tadellos gekleidet, feines englisches Tuch, den

Hals in ein Seidentuch gehüllt, duftend nach Lavendel, was preußisches Aroma nicht war. Der Chef von Akzise und Zoll, des Fabrik- und Handelsdepartements und als solcher auch Mitglied des königlichen Ministeriums, verbeugte sich gemessen und, wie es Louis schien, wieder einmal nicht ganz ohne Spott.

Der Prinz ließ ihm keine Zeit, dieses immer etwas herablassende Gehabe zu festigen, er entschloß sich seinerseits zu jener Art gemessen launischer Distanz und sagte mit für diesen Tag noch ungeübter, quarrender Stimme: «Der hoch zu verehrende Geist des Staates in Person! Und so früh am Tage? Freiherr, was verschafft mir die Ehre, die mich, wie Sie wohl bemerken, noch nicht so ganz präpariert findet?»

Stein fand diese Art des Prinzen durchaus natürlich, er kannte sie aus vielen Tagen – und späten Abenden, wo man sich über den Gang mancher Dinge im Lande unterhalten hatte. «Ich kam, lieber prinzlicher Freund und Gönner», nahm er den Ton auf, «eigentlich zufällig vorbei, weil ich in Vorschlag bringen wollte, manches Gespräch zwischen uns doch in Gang zu halten, es nicht erkalten zu lassen in einer gerade hitziger werdenden Zeit. Nun hitzig, da dieses Wort schon heraus ist, will ich auch den äußeren Anlaß meines zugegeben nicht eben wohl angemeldeten Besuchs nennen. Es geht um einen Vorgang, den Sie gestern zu später Stunde gewißlich nur am Rande bemerkt haben dürften, der dennoch aber höheres Ungemach ahnen läßt, denn der Betroffene ist», Stein senkte seine Stimme zum Flüsterton, «der Bankier des Königs oder zumindest dessen Konsulent in finanzieller Hinsicht.»

Louis hatte sich erhoben und das Gelock aus der Stirn gewischt. «Der Zurechtgewiesene wegen läppischer Sache?» entfuhr es ihm, und die Erinnerung an das Lächerliche des Vorgangs verlockte ihn zu einer alles hinwegwischenden Geste.

Doch der Mann des preußischen Staatswesens blieb ernst und vertiefte noch die eingenommene Miene. «Es geht um die Haltung, die Gesinnung mindestens eines Teils unserer Herren

Offiziere gegenüber dem Bürgerstand, um ihre, Verzeihung, schneidige Verachtung alles Zivilen. Wohin man blickt, Anmaßung gegenüber den bescheidensten Regungen. Der Bürgermeister, ein Rat, ganz zu schweigen von der Masse derer, die Handel und Gewerbe letztlich auch zugunsten des Staates betreiben, sind nur Knete in der Hand des Garnisonskommandanten, ja sogar des letzten Schnauzbarts, sofern er nur blanke Knöpfe trägt.»

«Ich muß doch bitten», rief der Prinz, «es ist von Ihrer Seite, Herr von Stein, jetzt nicht der sachgemäße Ton, in dem wir sonst über derlei Beschwerden zu reden pflegen.»

«Und dennoch ersuche ich Sie, mein Prinz, noch einige Sätze darüber anzuhören.»

«Gut, reden Sie!» Louis ließ sich mit einem leichten Seufzer auf das Lager zurücksinken.

«Bisher, Prinz, haben wir in unserem Zirkel immer nur die Angelegenheit an sich verhandelt, nämlich die Frage, wie der Franzosensache die umstürzende Gewalt zu nehmen wäre, indem wir die dortigen neuen Einrichtungen in Hinsicht auf Bürger und Staat, Militär, Polizei, Steuer, Religion, Verwaltung undsoweiter höchst vorsichtig auf eigene Verwendbarkeit prüften.» Stein holte leicht Luft. «Nun aber, bei der allgemein zunehmenden Erhitzung des Ganzen, genügt das bloße Theoretisieren nicht mehr. Die Zügel, Prinz, und Sie verstehen ungemein viel von diesem Bild, das Roß und Reiter, Gespann und Karosse, mithin also auch den Staatswagen erfaßt, bedürfen einer anderen Handhabung, wenn sie nicht reißen sollen und ein Unglück geschieht.»

Louis entsann sich, während die kolossalen Sätze gegen ihn prasselten, daß die Ansichten über Stein, über seinen Charakter, sein Temperament und seine Fähigkeiten bei Hofe geteilt waren und Schwankungen unterlagen. Er konnte sich wie ein Choleriker echauffieren, den schon eine Lächerlichkeit zur Rebellion wider Gott und den Himmel herausforderte, um hernach erschöpft einzusehen, daß die Säulen des ewigen Gewölbes nicht umzublasen sind. Aber so benahmen sich auch Scharnhorst, der Geheime Finanzrat von Schön, der Kammergerichtspräsident von Schrötter und andere, mit denen dieser zürnende Freiherr über die drückenden Dinge bei Städtebürgern und leibeigenen Bauern offen oder heimlich redete. Worüber Seine Majestät sich Berichte verschaffte.

«Wollen wir eine Revolution, die unseren Stand unfehlbar zerstört oder eine bedachtsame Reform, welche das Volk am Zügel zu halten vermag? Die Antwort hierauf werden wir, Prinz, in absehbarer Zeit zu geben haben, wobei ich die näheren Projekte dazu noch keineswegs fertig im Kopfe habe. Noch keiner der Herren, welche die Uhrzeiger in dieser Art vorrükken möchten, hat klare Vorstellungen, wie das zu geschehen hätte.»

«Der fatale Finanzmensch gestern nacht, dem Sie, verehrter Freiherr, historische Dimensionen verleihen, ist mosaischen Glaubens, also nur ein Jude gewesen».

Der Freiherr, dessen Rede immer am besten während des Laufens oder Stehens floß, überraschte jetzt durch das ziemlich grobe Herbeiziehen eines Sessels, auf dessen Rückenpolster ein gestickter Fasan prangte. «Prinz!» rief er, «ich enthalte mich jeglicher Anspielung auf Ihre momentane Befindlichkeit, aber Ihre Bemerkung berührt gleichermaßen die politische Sozietät, also die Verfassung, innerhalb derer Handel und Wandel notwendig vor sich gehen. Mit Verlaub, was schert es diese materiellen Dinge, ob sie christlich oder mosaisch bewegt werden, wenn sie nur dem Ganzen dienlich sind? Ohne Gewinn oder Rebbach, wie der jüdische Kaufmann es nennt, kann nichts gehen, und alles Gefrage, wo vor tausend Jahren einmal jemandes Wiege oder Schürztuch gewesen, ist unnütz und schädlich, worüber ich neulich auch mit Herrn von Hardenberg ins Reine kam. Übrigens», der Freiherr legte eine Pause ein, als wollte er prüfen, ob der andere auch das Folgende noch vertrüge, «auch Rahel Lewin, in deren Berliner Salon Sie sich im geistigen, ästhetischen Sinne so gut aufgehoben wissen, ist hebräischer Herkunft. Es gibt respektable Leute, die überhaupt der Meinung sind, daß unser könglich-preußisches Berlin ohne jenen funkelnden Geist und Witz aus dieser etwas anderen Welt leichter zu einer Soldatenschenke geriete.»

«Je nun, Teurer, Vertrauter und höchlichst Verehrter, Sie muten mir heute wahrhaftig etwas zu, obgleich ich bei hoffentlich bald besserem Kopf gewiß noch einen Profit oder Rebbach davon haben werde.» Ein ungekünsteltes, wenn auch etwas schmerzhaft verzogenes Lächeln glitt über Louis' Antlitz.

Jetzt schien auch Stein sich erstmals in diesem Raum zu entspannen. «Der besagte Bankier hat sich an den König gewandt, und wir sollten die scheinbare Lächerlichkeit der Episode ernstnehmen. Des Königs Denkweise bedarf vieler, ja unendlich vieler Stößchen, wohlgemerkt nicht Stöße, in die gewünschte Richtung, und da ist auch Ihr Wort, hier und da eingestreut, nicht ohne Belang. Die Fakten all dieser Art betreffen Berlin wie Brandenburg, Breslau wie Magdeburg, jedes Dörfchen in jeder Provinz.»

«Nun, ich sehe, es geht um die Kunst des Maulwurfs». Louis sprang plötzlich elastisch hoch. «Sie sind wirklich ein ‹Stein des Anstoßes›», rief er so jubelnd aus, daß der Besucher schnell den Zeigefinger auf die Lippen legte.

«Schon gut, weiser Lektor», antwortete der Jüngere auf diese am Hof verbreitete Geste und zog jetzt mit dem nackten Fuß ein zu Boden gefallenes Kleidungsstück heran.

Der Freiherr vom und zum Stein entfernte sich mit einem stummen Gruß aus dem Gemach und schritt gemessen, wie alles, was er tat, die breite Treppe hinunter. Ein Bediensteter drückte sich an die Wand, als gelte es, mit ihr zu verschmelzen. Der Freiherr konnte nicht wissen, daß seine Rede, wenn auch nicht im Ganzen, so doch in den wichtigsten Gedanken, schon aufgezeichnet worden war und Seine Majestät noch vor der Person des Ministers erreichen würde.

Oder ahnte er es doch? Auf der letzten Stufe der geschwungenen Treppe drehte er sich jedenfalls noch einmal herum und ließ halblaut die seltsame Frage ertönen: «Was macht Er noch immer seinen Buckel?» Dann schlug das Tor zu.

Der Lakai hörte, wie die Kutschpferde anzogen und entschloß sich, dem Davongegangenen eine besonders lange Nase zu ziehen.

DER AUSFLUG

Louis hatte es eingerichtet, daß ihm die unauffälligste Kutsche zur Verfügung stand. Es war ein gefedertes zweirädriges Kupee aus schwarzem Lackleder. Der Kutscher, ein Mensch mit ausdruckslosem Gesicht, versuchte sie hinter einer Birke verborgen zu halten. Das Pferd war angeschirrt, ein Tier, das schon von weitem zu gut schien für diese Karre.

Louis sah es sofort. Beim Näherkommen mit Henriette verspürte er einen leichten Stich irgendwo in seinem Inneren: Es war Vulcan, ohne allen Zweifel Vulcan. Das paßte ihm nicht. Er hielt es für einen schlechten Scherz, eine leichte Verhöhnung und spürte wieder jene rasch auftauchende Verstimmung, die ihn immer öfter und ganz unerwartet überkam. Migräne hatte sein Arzt konstatiert, aber Louis dachte, daß dies nur etwas für Weiber sein könnte und hatte den Befund einfach verlacht.

Henriette zog ihn am Arm, als könnte sie nicht schnell genug in die Polster kommen. Die Bewegung paßte ihm nicht, und er ging absichtlich langsamer auf das schlichte Gefährt zu, zu dem das Zugtier nicht paßte. Aber es war nun nicht mehr zu ändern.

Der Kutscher lüftete seinen verschlissenen grauseidenen Tuch-Zylinder und verbeugte sich leicht. Sein Sitzbrett war nur schmal, trotzdem saß ein winziges Hündchen ihm zur Seite. Auch dies ärgerte Louis, während Henriette darüber in neue Verzückung geriet.

«Wohin befehlen Hoheit?» fragte der Kutscher, der sich nun endlich bequemte, den Schlag zu öffnen.

«Nichts Bestimmtes», gab Louis ihm Bescheid. «Fahr Er nur ins Grüne».

«Ins Blaue, Liebster», korrigierte seine Begleiterin.

Der Prinz brummte, daß ihm das egal sei.

«Du bist schon wieder schlechter Stimmung», schmollte sie, während der Wagen sich in Bewegung setzte und Louis es schien, als wende Vulcan seinen Pferdeschädel zu ihm hin.

Der Kutscher erwies sich bald als ein guter Lenker. Zuerst fuhr er langsam an, damit die Insassen sich «einsitzen» konnten, wie es in der Kutschersprache hieß. Dann zeigte er ihnen, daß das Pferd leistungsfähig sei und daß sie also nur ein Zeichen zu geben brauchten, wenn eine höhere Geschwindigkeit gewünscht werde. In einen Hohlweg, der zu beiden Seiten von reifendem Holunder bestanden war, fuhr er mit Schrittempo hinein und achtete darauf, daß das Pferd den herumliegenden Feldsteinen auswich.

Louis hatte die Bestellung der Kutsche in der Zeugbeschaffung aufgegeben, die niedrige Fuhren ausführte. Nur dort bekam er ein Fuhrwerk, das bei der Ausfahrt kein Aufsehen erregte. Seitdem er diesen Kutscher gesehen hatte, ahnte er aber, in wessen Hände er wirklich gefallen war. In die geheime königliche Überwachung. Eine Truppe von Leuten verschiedener Bekleidung, die beauftragt war zu berichten, vielleicht — zugegeben — auch zu beschützen, wenn es unbedingt nottat.

Louis zweifelte nicht daran, daß der Kerl auf dem Bock eine Pistole bei sich trug und damit auch umzugehen verstand. Worin aber bestand sein Auftrag? Doch wohl nicht darin, Henriette und ihn zu beschützen? Schließlich gab es schon seit langem keine schwärmenden Räuber mehr in der Mark Brandenburg. Also hatte man ihm einen Beobachter mitgegeben, und Louis beschloß, dessen eingedenk zu sein.

Henriette Fromme aus Schricke im Magdeburgischen, längst noch nicht zwanzig, hatte ein feines Gefühl für die Umschwünge des Geliebten. Sie betrachtete ihn jetzt von der Seite und versuchte, seine Gedanken zu erraten. Sie durfte ihn nur nicht mit allzu dringlichen Fragen böse machen, dann war der schöne Tag mit dem Ausflug verdorben, noch ehe er richtig begonnen hatte.

Louis suchte, aus dem Fenster blickend, herauszufinden, wohin der Lump mit seinem lächerlichen Zylinder sie brachte. Es war ihm zuzutrauen, daß er einen Skandal zu provozieren hatte, etwa dergestalt, daß man jemandem vom Hofe, am schlimmsten Massenbach oder gar dem schon wieder neuen König, diesem Friedrich Wilhelm numero drei, in die Arme lief – oder eben fuhr.

Er sah aber, daß der Lenker sich wenigstens in dieser Hinsicht ordentlich aufführte. Die kleinen nördlichen Flecken der Residenz wurden durchfahren, wobei die Fromme sich über deren putzige Namen, wie sie meinte, lustig machte. Satzkorn – sie wurde richtig albern: «Wie kann etwas Satzkorn heißen?»

«Warum denn nicht?» gab Louis zurück. «Schricke klingt nicht weniger komisch. In der Altmark gibt es einen Flecken Wassersuppe, auch Hundekehle, Kuhbier gibt es irgendwo, und wenn man es als Offizier auf der Karte liest, so denkt man sich nur die Sache.»

«Welche Sache denn, mein Prinz und General?» fragte sie und mimte ein unwissendes Kind. Er antwortete nicht darauf, zeigte sich aber langsam milder, als sie ihn nun leicht tätschelte.

Nach ein paar Stunden hatten sie den Ort Friesack durchfahren. Es war bereits Nachmittag geworden, und Louis fragte den Kutscher, ob auch die übrigen Anweisungen durchgeführt worden seien.

Der Mann bejahte und schnallte ein Köfferchen von der Rückseite des Fahrzeugs. Er öffnete es und wies auf ein paar Flaschen und anderen Proviant.

«Der Wein müßte gekühlt werden», meinte Louis.

«Es wird hier irgendwo eine Quelle geben», antwortete der Staubige mit geringer Ehrerbietung. «Ich kann in einer Stunde alles bereithaben».

«Gut, dann dort auf dieser kleinen Lichtung», wies Louis ihn an. «Wir gehen derweil noch ein Stück den Weg entlang.» Der Prinz spürte den Blick des Reptils in seinem Rücken. Sie gingen auf eine Gruppe hoher Kiefern zu. «Wir haben einen Aufpasser», sagte er und warf dabei den Kopf leicht nach hinten.

«Ich weiß es», antwortete sie.

«Seit wann?» fragte Louis.

Henriette sah ihn erstaunt an. «Sie wechseln manchmal. Nur das fällt eigentlich noch auf.» Sie lachte und bohrte die Spitze ihres zierlichen Regenschirms in die weiche Erde.

Louis wurde nachdenklich, wollte sich aber nicht schon wieder vom eigentlichen Vorhaben ablenken lassen, zumal Henriette ihn schelmisch in den Arm kniff.

«In Schricke bin ich immer am liebsten mit dir zusammen. Nicht hier in deinem Kiefernbusch, wo die Späher die Hälse recken.»

«Mach dir nichts daraus!»

«Das sagst du, denn du bist ein Mann, und dann ein Prinz von Preußen.»

«Das letztere ist die Last.»

«Das erstere eine Lust?»

Beide lachten jetzt, und es gab endlich einen Zusammenklang, den sie auch gewillt waren zu genießen.

«Wir sollten zurückgehen», schlug Louis später vor. «Das Reptil dürfte das Picknick inzwischen zubereitet haben.»

«Vergiftet!» kommentierte Henriette mit schauerlich rollenden Augen. Dann wurde sie ernst. «Es wäre ein schöner Tod. Mit dir zusammen.»

Louis zog sie betroffen an sich. «Was redest du da? Laß den Tod aus dem Spiel!» Unwillkürlich nahm er einen schnelleren Schritt auf, dem sich Henriette sofort anpaßte.

Der Imbiß war mit Akkuratesse auf einem weißen Tuch ausgelegt. Auch Gläser standen bereit. Der Kutscher hatte sich in einen Tafeldiener verwandelt. Er war von dem Gedeck zurückgetreten, blieb aber in unmittelbarer Nähe und bekundete Bereitschaft zu ungesäumter Handreichung.

*Das Subjekt an der Linde
fuhr fort . . .*

Henriette aß mit Appetit. Louis trank den leichten Rheinwein in langen Zügen, worüber Henriette sich amüsierte: «Trinkt man so auch an der königlichen Tafel?»

«Ich trinke in der freien Natur». Sein Blick glitt seitwärts zum Kutscher hin, der unbeweglich dastand. «Hat Er etwas zu sich genommen?» fragte Louis ihn nach einiger Zeit.

«Gehorsamsten Dank, Euer Durchlaucht», meldete dieser und nahm dabei unversehens Haltung an. «Ich bin ganz ohne Bedürfnis.»

Die Fromme kicherte bei diesem Satz. Der Prinz verzog keine Miene. Man erhob sich.

«Welche Befehle haben Durchlaucht?» fragte der Mann.

«Wir müßten wohl an die Rückkehr denken», gab Louis ihm Bescheid.

Der Kutscher machte eine Verbeugung, näherte sich dem Paar noch weiter und sagte: «Wenn die hohen Herrschaften einen Vorschlag erlauben, es hat sich im Ort ein Schausteller angesagt, ein Bänkelsänger, der dort etwas zum Besten geben will. Es könnte ein gewisses Vergnügen sein, und viel Zeit ginge nicht verloren.»

Louis wollte abwinken, aber Henriette rief sofort aus: «Oh, ja! Bitte! Das wäre lustig!»

«Gut, wenn du es möchtest, fahren wir dort vorbei.»

Und sie setzten sich wieder in das rollende Kupee.

Um eine hochragende, alte Linde hatte sich schon eine Menge Volk eingefunden. Kinder, ärmlich gekleidet und mit Rotznasen, schwirrten aufgeregt um den Alten, der seine Anstalten traf. Er hatte eine Holzstange in die Erde gesteckt, an der eine Leinwandrolle hing, die Bildhaftes versprach.

Louis war der Meinung, daß man nicht auszusteigen brauchte. Henriette könnte von ihrem Sitz alles gut sehen und hören. Sie zeigte sich auch gehorsam, obgleich sie gern hinausgeklettert wäre. Auch der Kutscher blieb auf seinem Sitz. Er hielt den Zylinder zwischen den Knien und schaute auf die kleine Zurüstung des Schaustellers, als wollte er ihn beaufsichtigen und antreiben. Schließlich rief er ihm sogar zu: «Mach Er los, man hat Eile!»

Der Schausteller verneigte sich tief in Richtung der Kutsche, dann nur andeutungsweise gegen die anderen Schaulustigen und begann mit einer Art Prolog. «Ganz vorzügliche und kunstsinnige Herrschaften ... liebe Leute allhier! Die Begierde des Menschen, gar Wundersames, Erstaunliches zu vernehmen, wie es in der Welt sich allenthalben ereignet, ist wohl sein ebenso gutes wie schönes Recht ...»

Louis zischte halb belustigt, halb ärgerlich-gelangweilt: «Was gibt der Kerl da für einen Sermon von sich!»

Henriette jedoch bedeutete ihm Ruhe, und das in so ernsthaftem, energischen Ton, daß Louis lächelnd nachgab.

Das Subjekt an der Linde fuhr fort, wobei es das Fenster der Kutsche aufmerksam ins Auge faßte. «Hört jene Verse und schaut jene Bilder vom herrlichen — Louis Ferdinand Prinz von Preußen.»

«Das ist unerhört!» empörte sich Louis und versuchte, sich zu erheben, was aber im Wageninnern unmöglich war. «Wer hat das bestellt?»

Henriette drückte den Aufgebrachten sanft aber zwingend in das violette Samtpolster zurück. «Nun laß doch, wenn der Zufall es will!»

«Ein schöner Zufall», fauchte Louis sie an und warf einen wütenden Blick zum Fenster hinaus, wo der Schausteller einen Augenblick zu verharren schien. Plötzlich fiel der Ärger von Louis ab. Er suchte ihre Hand und sagte: «Hören wir's uns an. Abrollen können wir allemal.»

In diesem Augenblick entrollte der Rhapsode das erste Bild und hub an:

«Vernehmet itzt, ihr Bürger und ihr Bauersleut
in preußisch Stadt und Land
vom Leben unsres edlen Prinzen Louis Ferdinand.

Wie er dem rauhen Kriegsgott
und den schönen Musen,
der Liebe sondermaßen
ward zur allerhöchsten Zierde,
sei eurem Aug und Ohr sogleich
ergötzliche Begierde.
Nun seid Mann, Weib und Kind
recht still, und lauscht, was ich
euch sagen will.

Zu unserer Zeit, in König Friedrichs
Ruhmesland, da lebt ein Held,
ein Prinz von Stand,
ein ernstes Antlitz, fest in Mannesstolz,
denkt weißen Marmor euch – und dunkles Holz,
kein andrer Rappe fliegt so rasch dahin,
den seinen lenkt des Jägers kühner Sinn,
heut ist's der Hirsch, den er erjagt,
doch weh' dem Feind, der je es wagt
den preuß'schen Adler frech zu schmähn,
ihn tät des Prinzen Klinge mähn
auf blutger Walstatt werfen in den Staub,
grün' Lorbeer schmückt des Siegers Haupt.
Ja, selbst der Tod, er flieht allhier,
streckt seine Sichel vor des EINZIGEN Panier.

Nun auf der nächsten, wieder höchst getreuen Tafel
tönt, schaut gute Leute nur recht hin!
die zauberischste Musica von Louis eigner Hand,
die weißen Schwäne träumen auf der Havel,
und keusche Jungfraun, nun, ihr müßt es
zu dem Bilde denken, sie schmücken
frisch zur Nacht sein Bildnis an der schlichten Wand
und gießen, bis sie selber ruhn
gar manche heiße Träne auf Prinz Louis Ferdinand.

Hier sieht man drittens nun
in Liebe ihn erglühn,
sich lagern mit dem Eros
wo rot die Rosen blühn,
auf sanftem Wiesengrunde ruhn,
dem Gotte Amor rechtens tun,
oh, Sänger, laß den Vorhang fallen
und schweige, wo die Ew'gen wallen.

Es folgt der nächste, bestens kolorierte Bogen,
wenn ihr noch immer mir gewogen,
so seht die böse, allegor'sche Schlange,
oh, wie sie züngelt ihre gift'ge Zungenspitze,
ihr Basilisken-Auge sticht in jede Ritze,
du Ackerknecht, geringe Magd
in deiner Liebeskammer,
wie wärst du selig erst,
erahntest du des edlen Prinzen Jammer!
Er brach für sich die schlichte Rose ohne Tadel
die wahre Liebe suchet nicht den Adel . . .»

Der Schausteller verneigte sich wieder tief gegen das Kupee, nickte zu dem übrigen Volk hin und zog eine zerlumpte Kappe aus der Tasche, die er wie ein Vogelnest vor seine Füße stellte. Die Umstehenden warfen nur spärlich etwas hinein, aber es schien den Mann nicht sehr zu verdrießen. Vielleicht erwartete er auch, daß ihm der eigentliche Lohn aus der Kutsche käme.

Henriette nestelte auch sogleich an ihrem seidenen Beutelchen, öffnete halb den Schlag und zeigte dem Sänger ein Silberstück. Der Mann kam katzbuckelnd heran, öffnete den Handteller seiner unsauberen Rechten und eilte sogleich zu dem Baum zurück, wo noch sein Requisit stand.

«Wie fandest du das?» wandte Louis sich an Henriette.

«Gar nicht so schlecht», antwortete sie durchaus mit Ernst.

«Wie kommt so etwas zustande?» fragte er sie erneut.

«Die Leute mögen einfach so etwas», entgegnete sie, «es ist für sie Theater, eine Opéra comique.»

«Du meinst, daß ich schon komisch bin?»

«Das glaube ich nicht.»

«Dann tragisch?»

«Das wäre schlimm. Vor allem für dich!»

«Dann ist es eine Melange: Komisches mit tragischem Unterton, und das hat schon ein Arom von Verrücktheit.»

«Du quälst dich unnötig, wo du heiter sein solltest.»

«Vielleicht hast du recht.» Louis sah noch, wie der Alte sein Zeug zusammenpackte und das Volk sich langsam verlief. «Meinst du, daß man mich, daß man uns hier erkannt hat?»

Henriette schwieg ein Weilchen, dann entgegnete sie: «Man wird immer von irgendjemandem erkannt. Es kommt nur darauf an, wie man sich selbst dazu verhält.»

«Du weichst mir so geschickt aus, daß man denken könnte, du wirst bezahlt für solche Antworten.» Als Louis die erschrocken und verständnislos blickenden Augen seiner Henriette sah, küßte er sie. Dann befahl er dem Kutscher, hurtig loszufahren.

Der stülpte sein Rohr auf den Schädel und brachte Vulcan nach ein paar Anfangsschritten sogleich in zügige Bewegung.

«Trotzdem wird es Nacht werden, bevor wir in Potsdam sind.»

«Was macht das schon», antwortete Henriette und schmiegte sich enger an Louis.

Nach Mitternacht fuhren sie durch das Nauener Tor ein. Für Henriette war ein Quartier in der Stadt besorgt. Sie verabschiedeten sich rasch. Dabei sagte sie: «Dennoch — es war schön!»

Diese Einschränkung, die er auch selber verspürte, konnte ihm nicht entgehen. Vielleicht trug dieses Kutscher-Kellner-Subjekt Schuld daran, daß nicht alles so strahlend gewesen war. Den Rest der Nacht schlief er schlecht. Im Traum erschien ihm wieder der Schausteller. Seine Gesichtszüge hatten das Aussehen eines Geiers, und auch die Stimme krächzte wie dieser Vogel.

Er verspürte Lust, den Mann suchen zu lassen, ihm die Verse zu entreißen. Enthielten sie Wahrheiten? Waren sie eine Art Spiegelscherbe, in der er erblickte, was ihn tatsächlich bedrängte und beglückte? Ob Seine Majestät von solchen Dingen wußte? Sie weiß von allem und nichts, dachte er, die Hände unter dem Kopf verschränkt. Hätte er Henriette jetzt neben sich, wäre alles sofort gut. Vom Hof kamen Heiratsvorschläge für ihn. Sie interessierten ihn nicht sonderlich, da er längst begriffen hatte, daß in einer solchen Verbindung die Figuren wie auf einem Schachbrett geschoben wurden.

Auch Henriette lag sehr lange wach. Es war gut, daß sie hier Bekannte hatte, von ihres Vaters, des Kaufmanns und Fabrikanten Seite. Er stellte Hüte her in Berlin. Was konnte daran lächerlich sein? Natürlich wurde es in bestimmten Kreisen glossiert. Henriette Fromme spürte, daß Louis sie trotz seiner wechselnden Launen liebte. Sie grübelte und versuchte, das bei der Linde Gehörte zurückzuholen. Aber es blieben nur Bruchstücke davon übrig.

Am Morgen verließ sie mit der gewöhnlichen Postkutsche die schon von Soldaten und Bürgern belebte Stadt. Während der Wagen sie schaukelte, wiederholte sie gedanklich den vergangenen Tag, um ihn in sinnlichen Bildern noch einmal zusammenzusetzen. Darüber erschrak sie zuweilen und spähte dann mit scheuer Vorsicht in die Gesichter der drei Mitreisenden, ob diese an ihren lebhaften Vorstellungen etwa teilgenommen hatten. Doch es schien sich niemand über sehnsuchtsvolle Mädchenaugen sehr zu verwundern.

Sie waren schon ein paar Meilen unbeschwert gefahren, als der dickleibige Herr neben ihr, ein Philister, wie sie bereits beim Einnehmen ihres Platzes bemerkt hatte, raschelnd ein Papier herauszog, in das er sich sogleich mit Hilfe eines Lorgnons vertiefte. Gleich mehrmals hintereinander stieß er Henriette mit dem Ellbogen an, als stehe sie mit ihm auf vertrautem Fuße. Der Mann vergnügte sich offensichtlich und ließ gelegentlich Laute hören, die Henriette erst ins Reine übertragen mußte, ehe sie den Sinn heraushörte.

«Sackerlot, der Schlingel!» erriet sie, und ein anderes Mal die Worte «infam-charmant». Was las der Mensch? Sicherlich einen delikaten Unsinn, einen Philisterkitzel, den die Ehefrau nicht vor die Augen bekommen durfte. Deshalb nutzte er sicher die Reisezeit.

Da, was erkühnte sich der Flegel, er drehte den Kopf ungeniert zu Henriette und tuschelte ihr mit dem Nachdunst billigen Portweins ins linke Ohr: «Mein Fräulein, pardon, davon sollten Sie eine Leseprobe nehmen. Superb, superb!» Dabei legte er die Fingerspitzen an die schmatzenden Lippen und verdrehte die Knopfaugen. Henriette wollte dem Lümmel eine gepfefferte Antwort erteilen, ihn mit einer glühenden Wortspitze durchbohren, um bis Berlin Ruhe vor ihm zu haben. Doch unversehens siegte eine sehr weibliche Eigenschaft in ihr, die Neugier auf das alberne Script.

«Welche Lektüre bringt Sie so arg außer Facon?» übergoß sie den Philister dennoch mit Hohn. Das schleichende Interesse war jedoch nicht zu überhören. Und nur darauf kam es dem Manne an.

«Mein geehrtes Fräulein», sagte er jetzt mit einer durchaus wohlklingenden Stimme, «ich habe für einen Silbergroschen ein kleines Gedicht erworben, daß dem Prinzen

Louis Ferdinand gilt und allerliebst ist. Derlei geht unter der Hand weg, und man kennt die Autorschaft nicht. Die löbliche Polizei und Zensur verbietet's nicht direkt. Doch erlauben Sie, daß ich mich endlich vorstelle: Moritz Amadeus Badenfuß, Besitzer des Ateliers für die vornehme Welt, inclusive Uniformschneiderei — nur höheres Offizierscorps, versteht sich — in der Friedrichstadt.»

Henriette nickte mit dem Kopf, denn sie wußte nicht, wie sie sonst hätte reagieren sollen. Schließlich faßte sie sich auch in Worten, fragte ganz überflüssig oder aber auch aus Verlegenheit heraus: «Werden wir pünktlich sein?»

«Ei, gewiß doch, gnädigstes Fräulein», beeilte sich der Mann von Mode und Montur. «Sie haben durchaus noch Zeit, wenn Sie mögen, gleichfalls an dem literarischen Pläsier teilzuhaben.»

Sie sah nur noch zwei gelangweilte Gesichter, Leute, denen das Dösen bis Berlin willkommen schien. Also sagte sie mit einer ziemlichen Lässigkeit: «Dann zeigen Sie es schon für einen Moment!»

Er überreichte es ihr mit einer mißlungenen Halbverbeugung aus dem verschossenen grünlichen Polster, und sie nahm es mit spitzen Fingern, die Erregung unterdrückend. Ihre Augen hatten Not, den schlechten Druck zu lesen. Auch die Stöße der hart gefederten Kutsche ließen sie häufig von dem Texte wieder abgleiten, so daß es einige Zeit dauerte, bis sie an die letzten Zeilen des ihr schon aus dem Munde des Bänkelsängers bekannten Pamphlets gelangte. Wie durchfuhr es sie aber, als sie plötzlich in der vorletzten Zeile eine gewichtige Änderung, eine Neuheit, eine umstürzende Ergänzung entdeckte. Es hieß da jetzt:

«Er brach für sich die schlichte Rose ohne Tadel
— die Henriette Fromme —
die wahre Liebe suchet nicht den Adel ...»

Henriette schien es, als sei ihr mit einem Schlag alles Blut heiß zu Kopf geströmt, das gedruckte Blatt war ihr auf den

Schoß gefallen, wie auch ein Blatt vom Baum auf die Erde fällt und dort erst einmal liegenbleibt, bis ein Windstoß es erfaßt. Ein kaum hörbares Stöhnen drang aus ihrem jetzt leicht geöffneten Mund.

«Mein gnädigstes Fräulein, ist Ihnen unwohl? Soll der Postillion vielleicht einen Moment anhalten?» rief der Entleiher der Lektüre, ehrlich erschrocken über Henriettes momentanen Anblick aus. Und er rang dabei sogar die Hände, als bete er um eine rasche Wendung zum Guten hin. Diese trat auch ein, ehe eine wirkliche Maßnahme, etwa das Unterbrechen der Fahrt und Luftschöpfen unter einem Baum, sich als nötig erwiesen hätte. Henriette antwortete mit einer plötzlichen Gefaßtheit, die ihr selbst ein wenig unheimlich war: «Danke, es ist nichts. Nehmen Sie diese Sache wieder an sich.»

Der Atelierbesitzer aus Berlin spürte die Frostigkeit der jungen Dame und fragte sich, woher diese überhaupt die Kühnheit nähme, so ganz ohne Begleitung durch die Welt zu reisen? Er fingerte nach seinem für einen guten Silbergroschen erworbenen literarischen Genuß und verstaute ihn sicher in einer Tasche seiner seidenen Weste. Er hatte jetzt beschlossen zu schweigen. In diesem Entschluß unterstützte ihn Henriette, in deren Kopf die Gedanken wie ein Mückenschwarm tanzten. Glücklicherweise schien es darunter auch heitere zu geben, denn ganz plötzlich mußte sie lächeln.

So kam sie in Berlin an, pünktlich, wie es der dann sehr eilig davonschreitende Atelierbesitzer vorausgesagt hatte.

Mit Vorliebe lag er rücklings in der Nähe des geschwungenen Fensters. Er türmte dann das Kissen unter den Kopf, und seine Augen flogen ohne Ziel und Halt in das sich wandelnde Bild der Wolken. Es konnten Stunden sein, die er so in Schricke verbrachte, und es wären vielleicht Tage geworden, wenn die äußeren Umstände seiner militärischen Existenz es zugelassen hätten. Vorhin war Henriette, seinem Empfinden zuwider, mit einem lauten Ruf auf ihn zugestürzt, hatte den Überraschten verlangend umarmen wollen. Da stellte er sich schlafend, nein tot, oder ohnmmächtig, was immer sie denken wollte. Die Fromme schrie gellend auf, wie es sich nicht gehörte in den hier von Louis geschaffenen Räumen der Stille.

«Es ist ihm etwas geschehen!» kreischte sie, und der auf dem Korridor dahindämmernde alte Diener raffte sich auf, um zu sehen, was von ihm gefordert würde. Henriette umschlang den Geliebten noch heftiger, der sich endlich bewegte.

«Was gibt es denn?» rief er mit befehlsgewohnter Stimme und warf das Kissen mit Schwung in die Zimmermitte.

«Es ist nichts», antwortete sie leise, «außer, daß ich bei dir bin und bei dir bleiben will.» Sie begann gleich ein Unmaß von Kerzen anzuzünden, was Louis immer für ein Zeichen schlechten Geschmacks hielt.

«So viel Lichterglanz tut den Augen weh», erklärte er mit unwirscher Miene.

«Bin ich die Ursache für deine Nachdenklichkeit?» fragte sie. «Sie zerren in Potsdam schlimm an dir herum. Geht es um mich?»

«Der Hof hat seine Regeln», entgegnete er. «Ich kann und will sie nicht abschaffen. Wir müssen versuchen, damit zurechtzukommen.»

«Aber sie werden uns nicht ewig zusammenlassen.»

«Nichts hier auf Erden ist ewig, Henriette. Es gibt immer den Anfang und das Ende.»

«Und wo stehen wir?»

«Nicht am Anfang, und nicht am Ende.»

«Dann irgendwo in der traurigen Mitte.»

«Das klingt so resigniert. Mir scheint, daß dich irgendetwas erschreckt hat.»

«Du selbst hast mich erschreckt. Du lagst so stumm und unbeweglich da.»

«Was ist dabei?»

«Ich hatte Angst!»

«Wovor denn?»

«Ich glaubte dich schon verloren zu haben.»

«Dummchen, laß dieses Sinnieren!»

«Wenn ich doch könnte!»

Henriette war das erste Mal schwanger. Es war ein später Nachmittag im Oktober. Louis sah bleich aus. Er spürte selbst, daß ihm vieles über den Kopf wuchs. Man erwartete von ihm, daß er Ordnung in sein Leben brächte, daß er seinen Dienst tue als hoher Offizier, dem Staate diene in dieser unruhigen Zeit, da in Frankreich ein Napoleon Bonaparte die Macht an sich gerissen hatte und niemand wußte, welche Gewitter von diesem neuen Mann zu erwarten wären.

Der Prinz hatte viel über ihn nachgedacht, als Massenbach ihn im Auftrag des Königs in Magdeburg festgehalten, ja regelrecht arretiert hatte wegen ungebührlichen Aufführens.

«Ich dachte soeben über die Franzosen nach», sagte Louis nach einer Pause, während derer beide sich sichtlich beruhigt hatten. «Ihre Revolution scheint zu Ende zu sein, aber was beginnt da neu für sie und für uns?»

«Jetzt bist du es, der zuviel sinniert», entgegnete Henriette. «Ich kann keine Furcht vor den Franzosen haben, vielleicht weil ich auch ein bißchen französisches Blut in mir habe.»

Wiederholt flogen große Vögel aus dem schilfähnlichen Gras auf.

«Es geht nicht um ihr Blut, Hennie, vielmehr um ihren jetzigen Geist, der uns irgendwie weiterhin gefährlich erscheint. Die Revolutionsmänner Danton, Robespierre, Marat sind zwar hinüber, aber Bonaparte, der gewesene kleine Leutnant der Artillerie des heiligen Ludwig sieht mir noch nach was aus.»

«Hat auch der König seine Bedenken?»

«Nach unserem Pech bei Valmy zwoundneunzig ja. Danach zaudert er und will Ruhe, solange es geht.»

«Ich verstehe von all dem nicht viel», antwortete Henriette, «aber wenn du schon mit mir darüber redest, dann bitte ich dich, dem König den Frieden einzureden.»

«Ich soll ihm den Krieg ausreden? Ich? Als hoher Offizier und Kommandeur?»

«Louis, du hast mir einmal verraten, wie sehr du den Blick in die Wolken liebst, wenn sie bloß irgendwohin ziehen und niemand weiß, wozu. Aber ich merke es an deinen Worten, daß du an Ehre, Ruhm und Sieg denkst. Das paßt nicht zusammen. Wie bist du wirklich?»

Louis ließ sich auf das Lager zurückfallen. «Ich sollte dir nicht mit derlei Dingen kommen!»

«Doch, du kannst es immer. Ich kann dir nur nicht viel raten. Ich kann dir nur meine eigenen schwachen aber ehrlichen Gedanken mitteilen.»

«Die überhaupt nicht schwach sind. Ohne deine Ehrlichkeit, deine Offenheit wärst du nicht Henriette, die ich liebe, immerzu liebe ...» Er ging zum Flügel und begann wild auf die Tasten einzuhämmern. Es war eines seiner eigenen Stücke. Aber er zerhackte es in einzelne Motive und warf den Deckel des Instrumentes bald wieder zu.

Als es dunkelte, wurde ihm Kurierpost gereicht. Er öffnete das Siegel und las.

«Ein Geheimnis?» fragte Henriette vorsichtig aus ihrem Sessel.

«Da der König erfahren hat, daß ich hier bin, soll ich sogleich die Festungswerke in Magdeburg inspizieren und ihm Bericht bringen», gab Louis sachlich Auskunft. «Magdeburg ist eine starke Festung. Sie schirmt den mittleren Zugang nach Berlin und Potsdam, riegelt notfalls die Elbe ab und dient uns außerdem als respektables Magazin.»

«Wärst du es nicht schon, so müßtest du nach dieser glänzenden Antwort General oder Feldmarschall geworden sein», lobte sie lachend. «Wann reitest du?»

«Nicht heute, das versteht sich, aber doch morgen. Solche Aufträge hat man als Befehl aufzufassen. Überhaupt scheint der Zorn Seiner Majestät auf den armen Prinzen seines Hauses langsam zu verfliegen.»

«Ich wünschte es dir und mir.»

«Und noch jemandem!» rief Louis und wies mit dem Zeigefinger auf die leichte Wölbung ihres Leibes.

«Schön wäre es!» Henriette strahlte und versuchte tapfer, aufsteigende Tränen zu unterdrücken.

Louis brauchte nicht lange bis zur Stadt und Festung. Deshalb stand ihm der Sinn nach einem Umweg, nach einer Verzögerung. Er lenkte den Braunen von einem Feldweg ab und ritt zum Fluß. Der Strom floß breit dahin. Lastschiffe, die Korn enthalten mochten oder Holz, zogen nach Norden. Man hörte die Zurufe der Schiffer. Am Ufer machten sich Leute mit Netzen zu schaffen. Wiederholt flogen große Vögel aus dem schilfähnlichen Gras auf. Er glaubte, schon einmal hier gewesen zu sein, aber solche Ausblicke täuschten immer durch eine gewisse Ähnlichkeit.

Er hatte vor dem Ausritt nichts gegessen und verspürte Hunger. Für einen Augenblick überlegte er, wie es wäre, wenn er zu denen hinunterginge und mit ihnen das einfache Mahl teilte, zu dem sich die Männer gerade anschickten. Das Tier am Zügel haltend, ging er aber weiter. Er fand den Grund heraus, aus dem er heute zögerte, sein Ziel schnell zu erreichen. In Magdeburg war er eine Art Gefangener gewesen, wenn auch in hoher Dienststellung und keinesfalls schimpflich. In einer Art wildem Trotz hatte er sich Bücher bringen lassen und berühmte Feldzüge studiert. Auch die der Franzosen in der Zeit der verschiedenen Ludwige. Was im Kampf mit den neuen Revolutionstruppen der Franzosen seit 1792 geschehen war, verstimmte ihn. Die Preußen hatten trotz anfänglicher Erfolge immer den Kürzeren gezogen. Woran lag es? Die anderen waren schlecht mit Kanonen, Gewehren, ja sogar miserabel mit Kleidung und Schuhen versehen, aber sie behielten in der Regel die Oberhand. Die marschierten auch gewandter auf, schleppten nicht so viel Bagage mit sich herum, stellten sich locker auf, drangen in Gruppen und gedeckt durch Hecken, Büsche, einzelne Bäume vor . . .

Er sah die Umrisse der großen Stadt und erinnerte sich wieder, daß sie einmal furchtbar gebrannt hatte, niedergewalzt worden war im Dreißigjährigen Krieg. Wie, wenn das noch einmal geschähe? Der König, oder vielmehr dessen militärische Ratgeber, schickten ihn jetzt wieder in die Stadt und in die Festung hinein. Konnte das vielleicht eine Falle sein, um ihn wieder dingfest zu machen wegen seiner Aufenthalte in Schricke? Oder auch wegen seiner Gelage mit trinkfesten Freunden in Berlin, wo man unter seiner Begleitung am Klavier manchmal Lieder sang, die Seine Majestät schon am nächsten Morgen erfuhr?

Er schob diese Gedanken von sich, warf noch einen Blick auf den unverändert strömenden Fluß und schwang sich in den Sattel. Er erreichte das Weichbild der Stadt. Obgleich sie doch nicht wissen konnten, welchen Weg er genau nehmen würde, kam ihm ein Offizier mit einem Gemeinen entgegen. Der Offizier salutierte in angemessener Entfernung mit betontem Schneid, der Gemeine war sofort abgestiegen.

«Euer Exzellenz, Herr General, werden gehorsamst erwartet.»

Louis beruhigte sich. Seine Vermutung, in eine Falle zu

gehen, gehörte wohl zu den Grillen, die ihn immer wieder so heimsuchten. Aus der Ferne vernahm man den hellen Klang einer Trompete. Sie hatten in Magdeburg Anstand, sie wußten um die Würde einer preußischen Festung.

Der Kommandant empfing ihn mit höchstem Respekt. Er schlug sogleich mit aller Ehrerbietung ein Frühstück vor. Louis hätte es gern angenommen, aber er wollte nicht damit beginnen und schlug es mit Dank aus. Man war verstimmt, enttäuscht, zeigte es aber nicht.

Der Prinz fragte nach dem baulichen Zustand der Festung und ob die Geschützbestückung für ausreichend gehalten werde. Er fragte auch, ob es Pläne gäbe, wie der starke Punkt in einem denkbaren Feldzug nach dem Westen hin zu nutzen sei, der Armee Stütze sein könnte in jedem Falle.

Der Kommandant wiederholte wie ein Echo die letzten Worte: «. . . in jedem Falle . . .»

Das klang seltsam, und der Inspizierende kam schon wieder ins Grübeln. Eigentlich war es unschicklich, in einer Festung das Wort «Fall» auszusprechen, auch wenn die wörtliche Bedeutung hier eine ganz andere war.

Der Zustand der Festung war ausgezeichnet. Alles verhielt sich so, wie es ihm zuvor im Saal der Kasematte berichtet worden war. Man war gerüstet und auch sonst zuversichtlich. Die Franzosen mit ihrer Revolution interessierten hier niemanden. Weit vor der Elbe lag der breite «Vater Rhein», wie es am Abend in einem gelungenen Trinkspruch des Kommandanten hieß, den Louis des Sinnes zu erwidern wußte, daß Preußen überall wackere Offiziere habe und mit solchen der wackersten sitze er soeben an der Tafel.

Da hatten sich alle jubelnd erhoben und die hohen Gläser mit Rheinwein in einem Zuge geleert. «Es lebe der König, es lebe die Armee Friedrichs des Großen mit seinen Offizieren . . .»

Die Tischbedienung bestand aus Gemeinen und Korporalen, die ihre Dienste schweigend und sauber verrichteten.

«Sie halten hier auf gute Zucht», bemerkte Louis nur einmal beiläufig.

«Wie es von jeher sein muß, Exzellenz», antwortete der Kommandant, ein Oberst Du Trossel. «Die Leute bekommen dreierlei: den Befehl, ihr Brot, notfalls eine Tracht Prügel.»

Alle, die es gehört hatten, lachten. Die Diener ließen nicht erkennen, daß sie Ohren hatten. Es hätte auch keiner von ihnen etwas Ungewöhnliches an diesem Tatbestand empfunden.

Die Inspektion von Festung und Garnison war nicht übel verlaufen, dennoch hatte Louis eine unbestimmbare Lässigkeit im Geiste wahrgenommen, die alles betraf, was nur ein wenig über den geregelten Pflichten lag. Als er auf seine Reisen zu sprechen gekommen, worum sie ihn zuerst so gebeten hatten, zum Beispiel auf die italienische Exkursion, erschlafften die Gesichter in Müdigkeit oder Langeweile gerade an dem Punkt, wo das eigentliche Interesse zu erwarten gewesen wäre: dem Militärischen.

Immerhin war er dort auch Bonapartes Kriegsspuren gefolgt, hatte dessen Bewegungen, Verhalten, Entscheidungen zum Exempel bei Marengo in der Provinz Allessandria rekonstruiert, wo der General der Österreicher an jenem vierzehnten Juni des noch ganz frischen Jahrhunderts geschlagen worden war. Louis setzte ihnen auseinander, wie dieser korsische Fuchs die Schnelligkeit des Marsches und Manövrierens, die Umgehung und den Stoß, notfalls auch die Improvisation bei jäher Wendung der Lage für sich neu zu handhaben suchte.

Indes, man trank als aufmerksame Antwort darauf nur rascher die Gläser aus, knallte mit den Fingerknöcheln auf die Tischplatte, damit die Bedienung eiliger nachgoß. Man hoffte, Louis bei steigendem Verzehr an Flüssigem zu ganz anderen Mitteilungen anzuregen. Mehr pikanterer Art. Dazu wäre Louis in Maßen bereit gewesen, hätte ihn nicht diese Gier danach angeekelt.

Am folgenden Morgen begab sich der Prinz auf den Ritt nach Berlin, wo der König im alten Stadtschloß residierte und den Bericht erwartete. Der Prinz meldete sich sofort zurück, aber der Befehl zum Vortrag kam nicht. Wie immer hatte er seine eigenen Räume im Schloß, sie waren einfach ausgestattet, aber angenehm. Er wartete dort eine halbe Woche und besuchte nur am Abend die Runden der alten Freunde, wo allerdings wieder nicht wenig getrunken wurde. Louis Ferdinand spielte ihnen auf ihr dringendes Bitten auch wieder vor, und sie dankten ihm überschwenglich. Sie hatten Mädchen, junge Frauen, mitgebracht, die er noch nicht kannte, von denen er zwei, drei mindestens interessant fand.

Gegen Ende der Woche hin machte er sich beim Generaladjutanten erneut wegen der Magdeburger Inspektion bemerkbar, aber schon dessen Gehilfe winkte ab — es war eine ziemliche Frechheit eines Subalternen. Das doch erst so eilig erscheinende Interesse des Königs und seiner Berater schien plötzlich wie der Rauch aus einem Schornstein verflogen. Er fragte an, ob er sich nach eigenem Ermessen entfernen dürfe. Das dürfe er, ward ihm zum Bescheid.

Er befahl, daß man ihm das Pferd bringe, war sich aber nicht im klaren, ob er nach Potsdam reiten sollte oder wieder nach Schricke. Er entschied sich für Schricke.

Henriette empfing ihn unter einem alten Nußbaum. Nur pro forma hatte sie dessen Früchte auflesen wollen, die in jenem Herbst besonders reichlich zur Erde prasselten, in Wirklichkeit war es die Sehnsucht gewesen, die sie ins Freie getrieben. Jeden Tag hatte sie für Stunden das Haus verlassen, um die Straße entlangzuschauen, von wo er vielleicht kommen würde. Ihre Geduld wurde belohnt. Schon von weitem winkte er mit seinem Reiterhut, wobei er den Zügel fallen ließ und in gewagter Karriere heranpreschte. Dieses Kunststück mochte Henriette nicht, sie hatte es ihm wiederholt gesagt. «Was willst du», hatte er einmal darauf geantwortet, «ich imitiere damit nur die allegorische Figur unseres irdischen Lebens.» Jetzt, da er mit einem Satz bei ihr stand und sie umarmte, war alles Warten vergessen.

«Hast du Hunger und Durst?» fragte sie.

«Und wie!» entfuhr es ihm sogleich. «Auf dich, mein Herz», setzte er noch flüsternd hinzu. Er übergab das Tier dem Knecht und forderte ihn auf, auch die Hufe zu prüfen. Dann gingen sie hinein, ein Paar, das füreinander geschaffen schien.

In dem langen kühlen Treppenhaus schmiegte sich Henriette eng an ihn. «Ich hatte dieses Mal mehr Angst um dich als sonst.»

Er verharrte mit dem Schritt. «Aber warum? Es gibt keinen Grund dazu! Oder meinst du mein kleines Reiterkunststück?»

«Nein, nein, das ist es nicht», entgegnete sie, «aber ich hatte einen Traum.»

«Einen Schaum», verbesserte er sie liebevoll spottend.

«Ich möchte ihn dir erzählen.»

«Nun, dann verschluck ihn nicht», ermunterte er sie, während sie noch immer nicht weitergingen.

Sie schien zu zögern, überwand sich aber rasch und sagte: «Louis, ich träumte, der Zügel deines Pferdes riß, erst war es ein ruhiger Schimmel, dann ein Rappe, der mir wie der Teufel vorkam . . .»

Louis lachte so schallend in das Treppenhaus hinein, daß sich oben die Türen öffneten. «O, du Herzchen», rief er, «wann kommt es schon vor, daß einem Reiter der Zügel reißt, und wenn es geschähe, so wäre dies gewiß kein Unglück, wie du glaubst».

Sie stiegen zusammen die Treppe empor und hatten schon die Trennung und den Traum vergessen.

Es bedurfte keiner Frage des Prinzen und Generals. Die wichtige Miene des steinalten Kanzlisten enthielt alles: Lombard und Haugwitz hatten sich schon wieder bei Seiner Majestät eingeschlichen und berieten ihn, was nichts anderes hieß, als daß sie ihn dorthin lenkten, wohin sie wollten.

Louis dachte in diesem Augenblick an den Toten, der nun schon bald zwanzig Jahre in seiner stillen Gruft lag und von nichts mehr wußte. «Worum geht es drin?» fragte der Neffe des Verblichenen nach seinem Eintritt in das Vorzimmer zum Kabinett.

«Ein Schreiben ist gekommen. Aus dem Lager von Boulogne. Es soll bedeutend sein. Seine Majestät der Kaiser der Franzosen haben es durch Duroc heute überbringen lassen.»

«Wer ist Duroc?» fragte der Prinz.

«Ein General und Gesandter, Hoheit», beeilte sich der alte Rat eifrig und machte ein dienendes Gesicht.

«So haben Sie es schon gut gelernt!» fuhr ihn der im Glanz seiner Uniform ungeduldig Wartende an.

«Wie meinen, Durchlaucht?»

«Ich meine», schrie der General jetzt wirklich mit voller Lautstärke, «daß man jene Emporkömmlinge schon allenthalben mit ihren angemaßten Titeln und Würden bedenkt. Seine Majestät der Kaiser der Franzosen . . ., der General und Gesandte Duroc, und immer so weiter.»

Der Alte sagte kein Wort mehr. Er war in sich zusammengekrochen und schien zu winseln, was auch Berechnung sein konnte.

Louis Ferdinand sah ihn jetzt beinahe mitleidig an. Er streifte ihn leicht am Arm und sagte: «Ich weiß, daß Er nichts dafür kann. Er hat ja schon dem alten König gedient und verdient keine Schelte von mir.»

Da öffnete sich die Tür. Das fuchsige Gesicht Lombards, des Geheimen Kabinettsrats für die auswärtigen Dinge, erschien und legte sich in Falten, die große Verwunderung bezeugten. «Sie hier, Prinz?» rief er ohne allen Anstand der Anrede, und Louis wußte sogleich, daß sie da drin alles mitgehört hatten, was dem Vorzimmeralten soeben an den Kopf geflogen war.

Nun ließ sich auch die phlegmatische Stimme des Königs vernehmen: «Treten Sie näher, mein Prinz, Sie kommen wie gerufen. Man berät.» Seine Majestät hatte eine lederne Mappe aufgeschlagen, in der mehrere Papiere aufbewahrt lagen. Er ergriff das oberste, hob es leicht an und sagte: «Wir können Frieden haben.»

«Unter welcher Bedingung?» fragte der Prinz sofort scharf zurück.

«Unter der der Einsicht», antwortete der König bedächtig, und Lombard sowie der jetzt vom Fenster näherkommende Haugwitz nickten dazu.

Wie aufgezogene Chinesen-Puppen, dachte Louis, bezwang sich aber und holte tief Luft. «Was heißt das für die Armee, wenn Euer Majestät gestatten», stieß er zu dem Punkt vor, auf den es ihm ankam.

«Keinen einzigen Schritt, der den Kaiser der Franzosen reizen könnte! Alles abbrechen, was unsererseits irritieren müßte. Sogar die Pulvermühlen sollen angehalten werden, auch die königlichen Gießereien. Unter Umständen sogar Bündnis mit dem Korsen.»

«Ist man verrückt geworden?» Louis verlor jede innere Kontrolle.

Der König fuhr zusammen. «Mäßigen Sie sich!»

«Ich bitte Euer Majestät untertänigst um Vergebung», entgegnete Louis sofort und schlug leicht die Absätze zusammen.

«Nicht nur meine Person traf soeben diese ... Unüberlegtheit.»

Lombard hob leicht den rechten Arm. Der König nickte, und der hohe Beamte reichte dem Prinzen den Brief Bonapartes. Er war am 23. August 1805 verfaßt worden. Duroc war schnell gereist. War es eine Bestrafung, daß der König Louis befahl, den Text, den hier bereits alle kannten, noch einmal vorzulesen?

Der Prinz begann.

«Mein Herr Bruder, ich schicke den General Duroc zu Euer Majestät. Er ist mit meinen Vollmachten versehen, um mit dem Bevollmächtigten Euer Majestät den zwischen unseren Gesandten abgefaßten Vertrag zu unterzeichnen. Alle neuen Bande, die unsere beiden Staaten enger miteinander verknüpfen, gereichen mir zur Freude. Wir haben gemeinsame Feinde. Die Erwerbung Hannovers ist für Euer Majestät, vom geographischen Gesichtspunkt aus betrachtet, notwendig, zumal Europa in so große Staaten eingeteilt ist. Die Teilung Polens hat eine große Veränderung herbeigeführt. Sie hat Schweden vernichtet und Rußland zu einer europäischen Macht erhoben, die nun kein Gegengewicht mehr hat; Konstantinopel und Ispahan können ihr nichts mehr entgegensetzen. Österreich verdoppelt seine Kriegsvorbereitungen; der Kurfürst von Bayern ist sehr beunruhigt. Euer Majestät dürfen keinen Augenblick verlieren, um Truppenzusammenziehungen an den böhmischen Grenzen zu befehlen . . .»

Louis Ferdinand unterbrach an dieser Stelle. Sein Gesicht trug rote Flecken, und er atmete schwer. «Wie», keuchte er entrüstet, «man befiehlt uns jetzt schon, welche Befehle wir den Truppen geben sollen?»

«Lesen Sie doch weiter, Prinz», entgegnete Lombard und vergewisserte sich wegen dieser Aufforderung beim König, der eilig nickte. Louis Ferdinand las jetzt lang hingezogen, ja fast in zögerndem Frageton:

«Ich habe Befehl erteilt, Euer Majestät von allem zu unterrichten, was ich Österreich habe sagen lassen. Kehren seine Truppen nicht in die Garnison zurück, so bin ich fest entschlossen, mit mehr als hunderttausend Mann nach Bayern zu marschieren. Man wird sich also wieder einmal schlagen! Gott, mein Gewissen, Euer Majestät und ganz Europa sind Zeugen, daß ich angegriffen werde . . .»

Der Prinz las jetzt halblaut mehr für sich weiter. Man billigte es. Der König schreckte erst leicht zusammen, als die Stimme noch einmal anhob: «Ich bin mit dem Hause Österreich zu rücksichtsvoll verfahren; es ist immer noch zu mächtig, um Europa in Ruhe zu lassen und Deutschlands Freiheit nicht zu schmälern. Wenn es gerüstet bleibt, ist der Krieg unvermeidlich!»

Den letzten Satz mit seiner abermaligen Freundschaftsversicherung ließ Louis weg. Als er aufschaute, sah er in Gesichter, deren leichter Spott nur ihm galt. Er machte eine Verbeugung gegen den König hin und verließ, ohne darum ersucht zu haben, den Raum.

Der König quittierte es vor Lombard und Haugwitz mit dem nun schon milde klingenden Satz: «Der Junge bleibt doch ewig ein Brausekopf.»

«Er ist nur Militär, kein politischer Kopf», unterstützte Lombard seinen Herrn.

«Die Politik ist die weise Schlange, das Militärische der Adler im Flug», steuerte Haugwitz hinzu.

«Sie könnten ja auch noch Preußens besten Dichter abgeben!» Der Monarch lachte, und sein Ärger auf Louis schien verflogen.

«War Österreich nicht immer schon Preußens ärgster Feind?» schaltete Haugwitz sich ein.

«Gewiß, das war es», antwortete ihm der König, «allerdings, es ist monarchisch wie wir.»

«Majestät», entgegnete Lombard, «auch Frankreich ist es heute wieder seit 1804.»

«Nun ja, Haugwitz, immerhin, der Ursprung der neuen Monarchie bleibt doch immer fatal. Man hat Ludwig hingerichtet.»

Die Runde schwieg kurze Zeit.

«Was schwebt dem Prinzen vor, wenn es erlaubt ist, so zu fragen?» ergriff Lombard erneut das Wort und richtete seinen Blick auf den König.

«Er hat davon gesprochen, daß Preußen und Österreich ein

Bündnis schließen müßten, von der Stiftung eines Germanischen Bundes war die Rede.» Der Herrscher machte eine Pause und setzte unter Lachen hinzu: «Dann müßte ich, der König von Preußen, wohl Wotan sein!» Er wurde schnell wieder ernst. «Lassen Sie Duroc wissen, daß wir im Kardinalen einverstanden sind, auch in Zurückhaltung verbleiben, wenn er Österreich abermals straft.»

Lombard nickte ergeben.

Der König fuhr fort: «Ein bißchen hinziehen die Verhandlungen, überhaupt handeln ohne Furcht vor Krämertum. Was rausschlagen ist immer gut. Meine Herren!»

Die beiden verbeugten sich tief und verließen gleitend den Raum. Der König schellte nach einem Getränk.

Am Abend ließ Duroc eine schnelle Stafette an den angeblich in Boulogne weilenden Kaiser abgehen. Die Nachricht war verschlüsselt. Sie lautete: «Österreich isoliert. Preußen vorerst umworben und abgespeist. Ausführlich alsbald. Duroc. General.»

In seinem Zimmer lief Louis wie ein gefangener Löwe auf und ab: «Wir gehen dem Ende entgegen!» knirschte er hervor und warf sich auf das Chaiselongue, das ihm auch am Tage zur Ruhe diente. Hier flogen ihn oft die Ideen für sein Musizieren an. Doch der Zorn wäre jetzt ein schlechter Kompositeur gewesen. Er holte sich die Reden im Kabinett Seiner Majestät ins Gedächtnis zurück und verglich das Gesagte mit dem, was Stein und Scharnhorst ihm einen Tag zuvor vertraulich geraten hatten: Den Krieg ins Auge zu fassen, wolle Preußen der Herrschaft des Korsen über sich entgehen.

Waren diese Leute gewöhnliche Eisenfresser, Säbelwetzer und Maulhelden?

Aber der König überging sie, als gäbe es sie nicht. Dabei nannte er seinen Weg, zu Entschlüssen zu kommen, auch noch Konsultation. «Nicht Konsultation, Konfusion müßte es heißen», fluchte Louis laut in das Zimmer hinein, in dem noch die ganze Schwüle der vorangegangenen heißen Tage lagerte.

Nur langsam kam er zu sich. Als er unversehens zum Spiegel trat, schnellte er zurück. Für einen Augenblick war es ihm vorgekommen, als blickte ein anderer ihn daraus an. Da warf seine Hand das Stirnhaar eilig zurück, rückte am lästig gewordenen Kragen, und das Bild, das seinige, stellte sich wieder her. Doch es quälte ihn das Gefühl, noch ein anderer wäre mit im Raum, ein Mensch, der gleichwohl seine Schritte ging und seine Gedanken dachte. Und die glitten zu Henriette und den Kindern. Der Knabe hieß wie er – Louis, dem Mädchen war der Name Blanche gegeben worden. Henriette hatte auf beiden Namen bestanden. Blanche – die Weiße, Reine, Strahlende. Der Sinn war nicht schwer zu entschlüsseln, in ihm lag zugleich ihrer beider Schicksal: Ihre Liebe war rein gewesen.

Doch alles war schon Vergangenheit, verweht wie leise Musik. Die verheiratete Pauline Wiesel war an Henriettes Stelle getreten. Liebte er sie wirklich? Er wußte es nicht. Am Hof klatschte man wie vordem, genoß aber den Triumph über Henriette, die schön gewesen war und eine Seele besaß.

«Es ist nicht wahr», sagte er zu sich selbst, «daß ich nur dem äußeren Zwang gewichen bin, Henriette! Auch anderes, schwer Faßliches, hat sich gesammelt und unmerklich zwischen uns gestellt. Mein Charakter, meine Unruhe, die Neugier auf anderes, alles das mag mit schuld sein. Und deine Schuld? Hast du sie einmal gesucht, irgendwo in dir, deinem Wesen, deinem Weibsein? Du brauchst es nicht, und vielleicht findest du auch gar nichts, wie ich selbst kaum was finde bei dir, aber dennoch ist alles so gekommen, und niemals können wir wieder so sein wie damals auf unserer Kutschreise. O, Hennie», stöhnte er plötzlich auf, «wenn du wüßtest, daß ich vielleicht niemals wieder glücklich sein kann oder es auch gar nicht mehr werden will . . .»

KLÄNGE

Langjährige Freunde aus dem Garderegiment, auch solche, die den Dienst schon quittiert hatten und, von ihren Gütern kommend, gelegentlich nach Berlin oder Potsdam reisten, zeigten sich zunehmend besorgt über den Prinzen. Da er nicht eigentlich krank war, gab es keine ärztliche Auskunft über seinen Puls oder sonstige physische Beschaffenheiten. Es hieß aber, daß er tagelang alle Speisen zurückgehen ließ, nachdem er sich an der großen Tafel Seiner Majestät schon seit geraumer Zeit rar gemacht hatte. Allerdings nicht ohne die höfliche Entschuldigung, daß eine ausgesprochene Nervosität seines ohnehin schwachen Magens vorliege, was die vom König danach befragten Ärzte zweifelsfrei bestätigten.

Auch andere Anzeichen belegten eine sich steigernde und fast schon pathologisch anmutende Sensibilität des doch noch in den frühen Dreißigern stehenden Mannes. In seinem prinzlichen Appartement beispielsweise befahl er, maßlos üppige, geradezu provokant wirkende Rosenbuketts aufzustellen, die ständig erneuert werden mußten, weil in der Ausdeutung des Prinzen nur die vollkommen frische Rose dem Sauerstoff ihr unvergleichliches ätherisches Öl mitzuteilen vermochte. Indes bereitete ihm die vielfarbige Nelke an bescheideneren Orten innerhalb oder außerhalb der königlichen Schlösser einen sofortigen Migräneanfall, der nur mit vollkommener Verdunkelung des eilig aufgesuchten Zimmers und kalten Kompressen abzuwehren war.

Auch gewisse profane Gegenstände von menschlicher Hand konnten ihm Übelkeit verursachen. Jenes Geräusch, welches beim Reißen von Geweben entsteht und in einer Schneiderstube zuweilen ganz unvermeidlich ist, löste beim Prinzen einmal fast eine Ohnmacht und Erbrechen aus. Der betreffende Atelierbesitzer und Manufakturist mit dem schönen Namen Badenfuß konnte nur mit einem rasch gereichten Glas Portwein das Schlimmste verhindern.

Nicht diese höfliche Geistesgegenwart sicherte dem Berliner Offiziersschneider auch künftig die hohe Kundschaft des Prinzen zu, sondern vor allem die Gewähr, die Louis nun hatte, daß in seiner Gegenwart niemals dergleichen mehr geschah. Schon bei der fernen Annäherung seiner Person wurden alle Tätigkeiten eingestellt, die auch nur im entferntesten mit dem fatalen Geräusch zu tun hatten.

Diese Dinge waren es aber nicht, die seine alten Freunde beunruhigten. Was sie bedenklich stimmte, war das immer auffälligere Ausweichen vor den früher üblichen gemeinschaftlichen Runden, in denen es mit guten Weinen, gelegentlichen Glücksspielen und mit Musizieren hoch hergegangen war. Allerdings, was das Musizieren und eigene Komponieren betraf, so hatte sich Louis Ferdinand gerade dieser Seite seit einiger Zeit mit einer Leidenschaft zugewandt, die man schon als Musizierwut bezeichnete, wie der Kapellmeister Dussek einmal kritisch gesagt haben sollte.

Natürlich wußte auch Seine Majestät davon. Da es sich aber um das Reich der schönen Töne handelte, sah er darin nichts weiter Bedenkliches. Besser noch, Seine Majestät äußerte zu der hohen Gattin: «Wenn er sonst keinen Lärm macht! Allerdings die Flöte seines Ahnen wäre mir lieber, dieses Instrument kennt wenigstens das Fortissimo des gräßlichen Tastenkastens nicht.»

Louis, der es auf Umwegen vernahm, lachte nur darüber und gab dazu den Kommentar, vielleicht werde Seiner Majestät noch einmal der Marsch geblasen.

Während also Freunde die ebenso betrübliche wie unerklärliche Tatsache der prinzlichen Zurückgezogenheit hinnahmen, beanspruchte dieser in wachsendem Maße den stets willigen Kompositeur und Hofkapellmeister Dussek, welcher immer auch als erster Kritiker von Louis Ferdinands Produktionen gefordert war. Der Prinz brachte es ohne Skrupel fertig, den schlafbedürftigen Meister auch zur Nachtstunde zu konsultieren, ihm Passagen des gerade entstandenen Werkes für Klavier oder Streicher vorzuspielen und sogleich um Korrekturen auf dem Blatt zu bitten.

Dussek wußte längst, wie es vor sich ging: Der Prinz schickte eine Flasche Rheinwein voraus und erschien eine halbe Stunde später — oder ein Bote bat Dussek auf einen «Moment nur» in das prinzliche Appartement. Und dann währte es Stunden! Geschah es nächtens, war es um alle Ruhe geschehen, und auch der helle Tag sah Dussek dann weiter in der Rolle des kundigen Hörers, dem ehrliche Kritik, aber ebenso Beifall und Ermutigung abgefordert wurde.

Doch auch Dussek war nur ein Mensch, auch seine Geduld konnte nicht ohne Grenzen sein, wiewohl diese Tätigkeit sein Brot war und er den Prinzen durchaus liebte, unter Einschluß der unübersehbar exzentrischen Züge. Was dem Kapellmeister kritisch-besorgt auffiel, war das Stürmende des Prinzen gegenüber der Musik. Es war nicht das Soldatischstürmende, sondern das nachtwandlerische Darauflosgehen, rasend-genialische Probieren, Phantasieren, Sinnieren in Tönen. Dussek fragte sich, ob er hierzu noch der richtige Mann am Platze sei. Die häufig über das ganze Gemach verstreut liegenden beschriebenen Notenblätter ähnelten hastigen Hieroglyphen, einer jagenden feurigen Spur, die jedoch beim Nachspielen durch Dusseks feingliedrige Hände in wundersame, auch harmonisch-anrührende Tiefen führten.

Hinzu kam, daß der Prinz mitunter jegliches Gefühl für die Zeit verlor, die inzwischen unter dem Schlagen der Pariser Kaminuhr unausgesetzt weitereilte und den Mittag in die Dämmerung des späten Nachmittags, diesen in den Abend und jenen wieder in die Nacht verwandelte. Da Louis sich auch Zuhörer einlud, konnte es geschehen, daß er längst allein am Instrument saß, während die Kerzen schon blakend niedergingen und der Kammerdiener ungeniert schnarchte. Auch den Gutwilligsten, Musikbeflissensten geschah es, daß sie zuerst mit Andacht und staunendem Interesse zuhörten, dann aber an einen Punkt kamen, an dem sie glauben mußten, daß etwas Wunderbares der

Phantasie ins Wunderliche, Fragwürdige abglitt. Und dessen wollten nicht alle Zeugen sein, so daß sie sich leise entfernten, was ihnen bei dem enthusiastischen Zustand des Komponisten auch mühelos gelang. Am Ende redete Louis Gäste an, die längst nicht mehr da waren, bereits in ihren weichen Pfühlen ruhten, wo sie den Prinzen vielleicht in den bunten Zufälligkeiten des Traums erspähten.

Dussek zwang ihn zum Gespräch über seine Art des Musizierens. «Wie spielen Sie, Prinz, – ich meine, Sie revolutionieren alles, was es an gewissen Regeln der musikalischen Sprache gibt, die aber ebenso nach einer gewissen Ordnung, ja Disziplin sucht, wie Sie, Hoheit, es im Militärischen wünschen.»

«Donner und Doria!» rief der Prinz und schlug mit der Faust auf die Tasten. «Was reden Sie, Kapellmeister, für einen hanebüchenen Unsinn! Ihr Zug zur säuberlichen Pedanterie ist mir längst nicht entgangen, aber dies ist am Ende Ihre Sache, solange Sie mich mit diesbezüglichen Lektionen verschonen.»

Dussek antwortete: «Mit Verlaub, so war es nicht gemeint. Wenn ein Beethoven Ihr Musizieren erkannt, ja anerkannt hat, dann dürfte auch ich als viel Bescheidener wissen, daß Sie ein Musiker, ein Künstler von Gnaden sind.»

«Es ist mir gleich, was ich auf diesem Felde bin», entgegnete Louis schon versöhnlichen Tones. «Eine Nachwelt interessiert mich nicht, ich versuche den Tag auszudrücken, das gelegentliche Unwetter in mir, das große Fragen an mich selbst und an das, was mich umgibt. In Liebe oder Haß oder beidem zusammen.»

Dussek vermochte den Lehrer in sich nicht zu bezwingen und wandte sogleich ein: «Erlauben Sie doch einen Augenblick, daß ich als Musiker, gleichwohl als besoldeter, mit einem anderen Musiker und Künstler rede, der für seinen Lebensunterhalt nicht sorgen muß, der geistig die völlige Freiheit seines Talents auskosten kann . . .»

Louis lachte auf, krampfig und spöttisch zugleich, bedeutete Dussek jedoch, daß er nur fortfahren sollte.

«Donner und Doria!» rief der Prinz . . .

Daher setzte Dussek auch ohne Scheu hinzu: «Ihr Genie, Hoheit, so großartig es sich dem Kundigen schon präsentiert, würde mit der besonderen Kenntnis, die nichts mit Pedanterie zu tun hat, schneller und sicherer zum Gipfel gelangen. Ich dächte da an das neuerliche und vertiefte Durchgehen des Tonsatzes, des Kontrapunktes etzettera.»

Da er den Prinzen noch willig sah zum Anhören, hob er abermals an: «Ihre Stärke ist zur Zeit das unendlich Gefühlvolle, das sinnlich Tönende, Sprudelnde, mit dem geheimnisvollen Wissen um etwas, das vorerst nur Ihnen gehört. Doch ich rede als Musiker, es gebricht Ihnen, hochzuverehrender Prinz, im gleichen Maße an der bändigenden Kraft als Gegenpol von Überschwang und Intuition. Hinter dem schönen, kostbaren Feuerwerk bleiben Logik und Klarheit für den Kenner im Hintergrund. Vielleicht, daß eine spätere Zeit das Neue von Ihnen aufnimmt und die kühne Manier zum Strom anschwillt.»

Er schwieg nun, überließ Louis das Wort. «Hören Sie doch, Dussek, Sie artiger, lieber Pedant, was Sie auch nicht krummnehmen mögen, denn so ein arger Schimpf ist dieses Wort nicht, hören Sie denn: Ich verstoße allenthalben gegen den sogenannten guten Ton, ich tue Dinge, die sich eigentlich nicht gehören, weil ich nicht so sein will und kann wie alle anderen. Es geht mir bei meinem Komponieren, Musizieren gerade um das variative Element, um das Freimachen von einem mannigfach vorgesetzten System, um ein Luftholen, Zopfabschneiden, Ausbrechen, Aufbrechen, wenn Sie dies nicht gleich zu Tode erschreckt.»

Er hatte das Instrument jetzt verlassen und schritt gestiefelt durch den Raum, wobei er auf dem spiegelnden Parkett die schlimmsten Schmutzspuren hinterließ. Dussek war stehengeblieben und suchte einen Stoß notengefüllter Blätter zu ordnen. Da ging Louis mit einem raschen, hallenden Schritt auf ihn zu und sagte in einem Ton, in dem schon wieder viel Schalk steckte: «Alle wollen mir seit eh und je den eigenen Zügel anlegen. Seine Majestät im Politischen, Massenbach, Rüchel, der Herzog von Braunschweig im Militärischen und Sie, lieber Dussek, in der Musik. Ist es nicht so?»

«Nun, Hoheit», antwortete der Musiker ohne Zögern, «Sie können mich gewiß nicht zu den erstgenannten Größen stellen, es kommt mir nicht zu. Doch auch in der Sache selbst kann ich beim besten Willen nicht folgen. Eines gewissen Zügels bedarf jedwede Kunst, etwas niedriger betrachtet sogar jedes Handwerk. Und wenn ich, mit Verlaub, schon so weit bin mit meiner Ungebührlichkeit, so will ich auch dies noch sagen: Alle, die Ihnen, Prinz, Liebe und Verehrung zuwenden, tragen nicht zuerst Sorge um Ihre Kunst, sondern um das Wohlergehen Ihrer hohen Person.»

Im Raum herrschte Schweigen, nur die Uhr schickte weiterhin ihr herzschlagähnliches Ticken aus. Es war aber nicht das Schweigen der Peinlichkeit, sondern das der Wahrheit, um die beide, der Prinz wie der Kapellmeister, gerungen und wovon sie beide soeben ein Stück mehr gewonnen hatten.

«Ich habe die Idee», unterbrach Louis endlich die Pause, «Sie befehlen die Herren Musici herbei, und wir lassen wieder einmal jenes Quartettchen – nennen wir es schon einmal opus fünf – ertönen, mit dem ich mich immer noch am wohlsten aus dieser Welt herauszuschwingen vermag.»

«Das süßeste, aber vielleicht auch das melancholischste, was es unter Ihren zauberischen Schöpfungen gibt, Hoheit», rief Dussek.

«Nun, nun, jetzt werden Sie nach der doch soeben stattgehabten Kritik gleich selbst wieder überschwenglich, was mir vielleicht noch weniger gefällt», zog der Prinz ihn auf.

Aber Dussek ließ sich nicht anfechten. «Ich liebe dieses Stück wirklich, Sie sind darin ganz der, der Sie sein wollen und sollen. Es ist kein zielloses Umherstreifen, kein bloßes Suchen mehr wie in dem frühen Quintett für zwei Violinen, Violoncello, Viola und Klavier in C-Moll, worin ich noch den Auftakt Ihres Genius fühle, sondern hier tut sich Reife kund und ganz eigene Botschaft, ohne die alles Werken doch epigonischer Dilettantismus bliebe.»

«Ich danke Ihnen für solche Worte, die mir wohl das Herz stärken können, Kapellmeister», entgegnete Louis, «aber wenn wir die edle Muse heute noch zu ehren gedenken, so müssen Sie jetzt wirklich in die Hände klatschen und das Musikantenvölkchen auf ihre Stühle setzen.»

So geschah es. Seine Majestät der König vernahm es gedämpft von ferne. «Gottlob, es spielt, das Prinzchen», bemerkte er und befahl eine Flasche vom «besten Franzosen» herbei.

DIE SCHÄNKE

Anfang des Monats März 1806 hatte Louis die Idee, das Palais zu verlassen und in der Potsdamer Residenz irgendwo eine Schänke aufzusuchen. Er fand das etwa Gewünschte in der Brandenburger Vorstadt und gedachte hier unerkannt zu hören, was die Brauknechte, die Schiffer, Kärrner und sonstigen schlichten Leute unter sich redeten.

Es wäre ihm lächerlich vorgekommen, eine Maskerade zu versuchen; sie wäre auch nicht geglückt, denn er beherrschte nicht die Art des Sprechens und Gestikulierens dieser Leute. Jene wiederum verfügten über einen ungewöhnlichen Spürsinn für alles, was sich ihnen aus einer anderen Herkunft nähern wollte. Er beschloß daher, sich wohlanständige Kleidung zu beschaffen, die ihn als etwas Besseres auswies, aber gerade dadurch keinerlei Verdacht auf verdeckte Absichten erwecken konnte.

Er wählte tabakfarbene Beinkleider, ein dazu passendes beigefarbenes Jackett mit Weste, einen nicht ganz modischen Hut und ein Stöckchen. Alles zusammen ließ einen durchreisenden kleineren Geschäftsmann vermuten, der unversehens Durst empfunden und sich daher entschlossen hatte, in den nächsten öffentlichen Schank einzukehren.

Der Wirt bot nicht viel an, er zapfte ein halbwegs anständiges Bier und reichte auf Wunsch auch einen solchen Korn dazu. Als Imbiß konnte man Brot und kräftig geräucherten Speck oder auch Stücke von Havelfisch, eingelegt in Essig, fordern. Louis verfuhr auch so. Zuerst stutzte der Wirt ein wenig, weil er den etwas vornehmen Herrn noch nicht bei sich gesehen hatte und seine Stammkunden nicht durch bessergestellte Zufallsgäste beunruhigt sehen wollte. Doch dann nahm er den «Fremden» ruhig, ohne zusätzliches Getue, als Gast an und brachte das Gewünschte prompt herbei.

Louis hielt sich streng an die Regel, er bestellte eine halbe Kanne Bier, dazu ein Quantum Korn in einem derben Wasserglas und entschied sich für den Havelfisch, worüber der Wirt eine gewisse Genugtuung empfand.

Das Gespräch in der Gaststube, in der sich kein Tresen befand, war hörbar schwächer geworden, als Louis an einem noch freien Tisch Platz genommen hatte. Dieser Umstand war darauf zurückzuführen, daß die schon Anwesenden einige Zeit benötigten, den unerwartet fremden Vogel etwas unverhohlen, aber durchaus mit dem Taktgefühl der einfachen Leute in Augenschein zu nehmen. Ihn gleichsam zu beschnuppern, um dann, wenn die Prüfung halbwegs zugunsten des Betreffenden ausgefallen ist, das Gespräch langsam wieder auf die vorherige Höhe und Lautstärke zu bringen. Soldaten sah Louis hier nicht. Er wußte, daß diese ihre eigenen Treffpunkte hatten, denn die Zünfte grenzten sich gern voneinander ab, ohne sich deswegen feindlich zu sein.

Von sogenannter Politik konnte er nichts vernehmen, und es hatte auch nicht den Anschein, daß bei seinem Erscheinen plötzlich das Thema gewechselt worden war, was er durchaus gespürt hätte. Die Leute redeten über ihre kleinen Geschäfte und verschiedensten Erfahrungen, je nachdem, womit sie ihr tägliches Brot verdienten. Nein, Tagediebe saßen nicht zwischen den geschwärzten Wänden des Schanks.

Louis trank sein Bier, und er brauchte den Genuß am wohlschmeckenden Fisch nicht zu heucheln. Schließlich kam es nach einiger Zeit dahin, daß einer der Männer sein Biergefäß hob und in durchaus freundlich-zurückhaltender Weise den Wunsch «Wohl bekomm's dem Herren!» aussprach, was Louis sogleich mit der Entsprechung beantwortete: «Meinen Dank, das gleiche!»

Vielleicht hatten die Gäste nur darauf gewartet zu hören, wie der Fremde reden würde, ob er sehr vornehm tun oder ihnen vertrauter werden könnte. Jedenfalls redeten sie von da an wie immer und bezogen ihn mindestens in der Hinsicht ein, daß sie ihn zuhören ließen. In dem Gerede vernahm er plötzlich einen Namen, der ihn aufmerken ließ: Bonaparte.

Die Leute nannten ihn nicht Kaiser und nicht Konsul, wozu er sich vorher selbst ernannt hatte, sondern bloß Bonaparte, und der Ton, in dem sie es sagten, war aus Respekt und Furcht gemischt. Sie meinten, daß er neulich bei Austerlitz im Mährischen gezeigt habe, was er vermöge, denn in dieser ungeheueren Dezemberschlacht mit dem russisch-österreichischen Heer war er abermals Sieger geblieben. Käme es dahin, kannegießerten sie, und es fand sich kein Widerspruch an den Tischen, daß er trotz der gegenseitigen Erklärungen auch auf Preußen wolle, so könne bei aller Stärke der Eigenen, wenn nicht eine böse, so doch eine schwere Stunde kommen.

Louis hätte sich zu gern eingemischt und gefragt, wieso sie auf solche Gedanken kämen? Er unterließ es aber, und es zeigte sich, daß er gut damit tat. Die Leute ließen auch hier und da durchblicken, daß Bonaparte vielleicht nicht nur ein Bösewicht und bloßer Gewaltmensch sei, sondern in seinen Gebieten auch schon manches eingeführt habe, das sich nicht wie Satanswerk ausnehme. Obwohl er doch nun selbst Kaiser sei, denke er an die kleinen Leute. So könnten manche Stände aufatmen, die Bauern vor allem, die entlassen worden wären aus der Fron. Man höre von seiner Absicht, mit dem Schimpf für unglückliche Kinder, die keinen Vater nachweisen könnten, Schluß zu machen. Der einfachste Soldat habe die Chance, bei ihm etwas zu werden, wenn er Mut zeige und Geschick, und natürlich Glück habe ...

Louis schaute in die Gesichter derer, die an solchem Geschwätz teilhatten, und er verspürte seltsamerweise keine so auflodernde Wut wie sonst beim Hören von Ansichten, die von den seinigen abwichen. Er hatte immer gedacht, solche Leute würden nur ihrem Broterwerb nachgehen und nicht noch über Gott und die Welt nachdenken oder beim Bier bloß von Dingen reden, die ihren direkten Umkreis betrafen. Dies alles war für ihn daher eine Überraschung, aber er achtete darauf, sie sich in keiner Weise anmerken zu lassen, denn sonst war sogleich alles verloren, und er vielleicht mit dazu. Obwohl ihm diese Menschen mit ihrer anderen Sprache und Art gutmütig erschienen, traute er ihnen doch auch zu, rabiat werden zu können. So wie der Pöbel zunächst ganz ruhig erscheint und plötzlich, wie damals in Frankreich im Juli neunundachtzig und im September dreiundneunzig, sich in eine Rotte wahrer Teufel verwandelt hatte. Sollte auch das Preußische einmal — unausdenkbar! — davon betroffen werden, so könnten nur die Rohre der Artillerie und die Klingen der schweren Kavallerie helfen. Die Infanterie würde schnell machtlos sein.

Louis sah sich um, ob etwa jemand solche Gedanken hinter seiner Stirn vermutete. Doch soweit war die Wissenschaft Gott sei Dank noch nicht. Oder — leider noch nicht. Das konnte man nehmen wie man wollte. Er überlegte, ob er nochmals Bier und Korn bestellen sollte, denn es schien ihm, als schaue der Wirt bereits zu ihm hin. Da bemerkte er einen Mann, den er schon irgendwo einmal gesehen haben mußte. Er versuchte sich zu erinnern, als der Ankömmling zu seiner großen Überraschung an den Tisch trat, der ja immer noch Louis vorbehalten war. «Es ist wohl erlaubt?»

Louis durchflog ein heißer Schreck. Er hatte die Stimme sofort erkannt. Es war kein anderer als der Kutscher des Kupees von damals, als Louis noch mit Henriette glücklich gewesen und sie das seltsame Erlebnis mit dem Bänkelsänger unter der Dorflinde im Märkischen hatte. Was suchte der hier?

«Guten Abend, der Herr», setzte das Individuum mit einem leichten Anflug von Spott das Gespräch fort. «Hat der Wirt Sie gut bedient?»

Louis nickte, verspürte einerseits den brennenden Wunsch, den Mann scharf zurechtzuweisen, andererseits zu erfahren, warum er ihn verfolgte. Beides war unmöglich. Ja, er mußte dem anderen dankbar sein, wenn der ihn nicht verriet. Die anderen Gäste kümmerten sich nicht um den Mann. Der Wirt brachte ihm ohne Bestellung Bier und Korn und Speck dazu.

So saßen sie friedlich miteinander am Tisch, fast wie gute Freunde, die sich so gut kennen, daß sie auch eine Zeitlang miteinander schweigen können. Aber Louis fühlte sich nicht gut dabei. Es war also unmöglich, das Palais unbemerkt zu verlassen. Er wurde bewacht und überwacht. In diesem Augenblick war er auf hämische Weise froh darüber, daß sein Gegenüber für die Redefetzen von vorhin zu spät gekommen war.

Louis winkte dem Wirt mit der Geste des Zahlenwollens. Der Wirt kam heran, und Louis erhob sich ohne Gruß vom Tisch, um den Schank zu verlassen. Etwas schien ihn zu veranlassen, noch einmal den Kopf zu wenden. Da sah er, daß dort, wo sein Trinkgefäß auf dem Tisch gestanden hatte, ein Rabe spazierenging. Er mußte aus dem filzenen Mantel des Individuums geschlüpft sein. In das Gewirr der Stimmen mischte sich das Gekrächze des Vogels. Louis schlug die Tür zu. Draußen erfaßte ihn ein Schütteln, und er begann durch die dunklen Straßen der Stadt zu rennen.

Er fragte sich, wieviele im Lande so dächten, wie er es in der Schänke gehört hatte und drang damit zugleich bis zu denen vor, die ihm am wichtigsten erschienen: den Soldaten, die früher oder später würden kämpfen müssen. Diese Frage war ihm noch nie des Bedenkens wert erschienen. Am nächsten Tag ging er in den alten Stall zu dem Knecht, dem einmal sein Reitpferd Vulcan anvertraut worden war. Er traf ihn wie immer bei seinem gewohnten Tun an, nur die Vierbeiner hatten gewechselt. Auch der Geruch schien sich verändert zu haben.

Der Reitknecht wußte nicht, was dieser Besuch bedeuten sollte und zeigte sich verlegener als sonst. Louis sprach ihn mit freundlich-forschen, aber auch nichtigen Worten an: «Nun, wie steht es in der Remise?»

Der Pferdepfleger antwortete: «Es geht eben so, nur hat man wenig Gerste heuer für die Mäuler.»

«Wie das?» forschte der Prinz.

«Die vorige Ernte stand nicht gut und zum Schnitt hat's noch Weile.»

Der General gab sich wissend, und er war es auch in dieser Sache: «Man spürt's dann sogar am Fell.»

«Zuerst am Fell und auch sonst, Euer Durchlaucht», klagte der Mann, und man konnte meinen, er klage so auch mit für sich.

«Nun, wir werden trotzdem reiten, wenn es sein muß.»

Der hohe Herr straffte Stimme und Gestalt.

«Man hört wohl dies und jenes reden und weiß doch nichts Rechtes, Euer Gnaden.»

«Wie damals! Zum Rhein und über ihn weg, wenn es befohlen wird.»

Der Knecht schwieg und schien im Stall etwas zu suchen.

«Wenn es soweit kommt, dann soll Er mir dienen! Hat Er gehört?»

Der Knecht hielt stumm die Forke in der Hand.

Der wird treu sein, dachte der Prinz, wenn er auch alles mürrisch tun wird und ohne Lust. Das sind am Ende die Verläßlichsten.

Sie wechselten die Blicke, Herr und Pferdeknecht, General und Kriegsknecht, und gingen vorerst stumm auseinander.

Die Saale

DIE BESTIMMUNG

Alles weitere Zögern schien jetzt endgültig schädlich zu sein. Die Armee mußte entfaltet werden. Zu welchem Zwecke aber? Sollte das Heer sogleich alle Attribute der unweigerlichen Kriegsbereitschaft annehmen oder dem Gegner zu erkennen geben, daß es noch immer auch zum Instrument des Verhandelns gemacht werden könnte? Diese Frage wurde schließlich entschieden: Der König ließ verlauten, daß er ersteres bevorzugte. Dieser Umstand führte unvermeidlich zu allerhand Verwirrungen.

Seine Majestät bestellte den Herzog von Braunschweig zum Oberkommandierenden der gedachten Operationsarmee. Und der Herzog fragte alsbald zurück, wie das in Erfurt aufzuschlagende Hauptquartier dann zu titulieren sei: Königliches oder Herzogliches Armeehauptquartier? Seine Majestät und der Herzog waren gleichermaßen ratlos. Königin Luise meinte, die königliche Würde müsse zu Erfurt wie ein Adler voranfliegen. Der König brummte etwas Unverständliches, Luise zeigte sich unzufrieden und verließ den Raum, der von den Strahlen einer hohen Septembersonne vergoldet war.

Als Louis von den Schwierigkeiten erfuhr, machte er sich

beim Herzog, dem er mit Berechnung zu begegnen wußte, in einer Art von bitterem Sarkasmus Luft. Ohnehin hatte der Herzog mit ihm sprechen wollen, da an des Prinzen Verwendung in der Vorhut der Armee gedacht worden war. Zwischen Louis und dem Herzog herrschte von je ein besonderes Verhältnis; es bestand aus einer Mischung von Furcht und Ehrfurcht dem Älteren gegenüber, von freundschaftlicher Aufmerksamkeit und kritischer Distanz dem Jüngeren gegenüber. Dies machte jede Konversation zwar leichter, aber es blieb stets Unausgesprochenes zwischen ihnen.

Louis überließ dem Herzog die Eröffnung: «Es ist mir eine Freude, Prinz, Sie in so glücklicher Konstitution zu sehen. Die Jugend kennt auch im Herbst nur den Frühling.»

Louis fand solches Gerede nicht mehr angemessen, er ging auf die Mitte der Dreißig zu und fand es albern, wenn ihm ein Mann solche Komplimente machte. Mit einem schwachen Lächeln dankte er dem Herzog, der sein Vater sein konnte – und es vielleicht auch war. «Man erfährt, Herr Herzog, daß die Maßregeln nicht alle definitiv sind zur Stunde.»

«Wenn Sie die Güte hätten, Ihre Worte hier näher zu bestimmen?»

Louis warf alle Diplomatie ab. «Seine Majestät belieben, mich nur gelegentlich zum Kronrat zu rufen ...», er stockte und warf dann dem Herzog ziemlich unvermittelt den Satz an den Kopf: «Kommt's denn darauf an, wie oder nach wem man das Hauptquartier benennt?»

Der Alte verstand auf der Stelle und gab – der Prinz erkannte es an – die wirklich schöne Antwort auf solch ungestümes Gefrage: «In der Form wohnt die Bedeutung, Prinz!»

Und Louis gab zurück, die Antwort flog wie ein Ball im harmlos-heiteren Spiel: «Mit Verlaub, gnädigster Herzog, die Schnecke liefert das Exempel.»

Der Herzog hörte nicht mehr besonders gut, daher empfing er diesen Satz schon in der vorsorglich gehöhlten rechten Hand am Ohr, und als dessen Bedeutung endlich in ihn gedrungen war, trat eine Ader an seiner Schläfe unversehens bläulich hervor. «Ich muß doch sehr bitten, junger Prinz und Freund!»

«Mit gnädigster Erlaubnis – und Ersuchen um Verzeihung, Herzog, es diente als Metapher!»

«Ich nenn's Satire, Prinz, und die verbitt' ich mir im allerhöchsten Namen Seiner Majestät.» Ein Schuß Entrüstung schwang in der Stimme mit. «Es ist mir auch zu Ohren gekommen, daß auf den Treppen des Königlichen Schlosses und auch an Türen durchaus unwürdiger, fataler Häuser nach dem Genusse von allerhand Bouteillen Offiziere die Degen wetzten und ausriefen: ‹Mit Louis Ferdinand auf nach Paris!› »

«Das ist nun wahrhaftig nicht meine Schuld, Exzellenz», verteidigte sich Louis. «Im übrigen: Wollen es denn manche nicht so?»

«Prinz», antwortete der Herzog und trat noch einen Schritt an den Jüngeren heran. «Man erinnert sich doch an mein altes Wort von zwoundneunzig: Paris zu züchtigen wie noch nie eine Stadt gezüchtigt wurde seit Jerusalems Fall durch Titus Hand und Heer. Item, dies anzudrohen bleibt stets des Feldherrn Sache und nicht des Pöbels, auch wenn er vornehmerer Art ist, wie in besagtem Falle.»

«Pöbel?» Der Jüngere stieß es beleidigt hervor. «Meine nächsten Freunde, und um solche handelt es sich ja wohl, verdienen nicht eine solche Bezeichnung. Im Gegenteil!»

Der Herzog hatte seinen schweren Arm auf Louis' Schulter gelegt. «Es gibt da gar zu viele Dinge, die uns drücken. Der König wird mit Briefen, Depeschen, Vorschlägen Napoleons überschüttet. Der Franzose lockt, schmeichelt und droht zugleich, und Seine Majestät fühlt sich hin und her gerissen. Was soll man tun? Mobilisieren ohne zu marschieren? Marschieren ohne zu mobilisieren? Mobilisieren und marschieren? Nun, es gibt noch etliches dazwischen. Hohenlohe meint, man könne wohl ein Quentchen mobilisieren und auch ein solches marschieren lassen, dies hätte den Vorzug ...»

«... daß alle konfus werden. Napoleon siegt, weil er weiß,

was er will», brüllte Louis den erschrockenen alten Mann an, den Seine Majestät immerhin beauftragt hatte, über den Plan zu einer Generalschlacht nachzudenken, die notfalls vielleicht zwischen Saale und Elbe stattfinden könnte — breite, strömende Flüsse, die das Franzosenblut mit sich führen würden.

«Es ist immer noch Ihr jugendliches Feuer, Prinz, das Sie so ungebührlich laut werden läßt», ließ der Herzog sich mit Müdigkeit in der Stimme vernehmen. «Man will Ihnen die Vorausgarde anvertrauen, die Vorhut der Armee.» Der Herzog sah Louis jetzt wirklich mit dem prüfenden Blick eines Vaters an. Durfte man diesem Herrn «Künstler» wirklich die Vorausgarde anvertrauen?

Hohenlohe hatte schon klipp und klar «nein» gesagt. Doch Seine Majestät hatte ihm zugezwinkert und dann erklärt: «Aber mein lieber Hohenlohe, bedenken Sie doch, so halten wir ihn am Bändchen. Wir befehlen ihm reine Observation der Herren Franzosen, nicht mal Plänkeln mit Vorposten etzettera. Natürlich darf er reiten, rekognoszieren hoch zu Roß, ansonsten Geselligkeit, Abwechslung, auch Musica, wie er sie liebt. Es gibt doch entlang der Saale eine Anzahl wohleingerichteter Schlösser, wo sich gut einkehren läßt. Auch Gott Amor mag seine Pfeile auf ihn schießen, denken Sie sich was für ihn aus, es heißt, die Gegend da hat hübsche Töchter . . .»

Der Herzog erinnerte sich wieder an diese vielleicht etwas frivolen Worte Seiner Majestät, aber man mußte anerkennen, daß in ihnen einige Körnchen weiser Politik lagen hinsichtlich Louis Ferdinands und — Napoleon Bonapartes. Störten sie nicht beide auf seltsam gemeinschaftliche Art die schöne Ruhe Berlins und Potsdams, und gab es nicht ein Mittelchen, sie beide zu bändigen?

Der Herzog war dabei auf einen Begriff gekommen, auf den er stolz war: paralysieren. Das hieß zu deutsch nichts anderes als schwächen, aufheben, unwirksam machen. Und wodurch? Durch Hinziehen, Ablenken, Beschäftigen. Das Gewölk Napoleon konnte sich verziehen, stocherte man unnötig hinein, mochte es Blitze senden und Hagel werfen. Nicht anders bei jenem, der als Prinz von Preußen vor ihm stand, in schöner, beneidenswerter Gestalt, geküßt von den Musen und den Weibern aus Fleisch und Blut.

«Halten Sie sich bereit, Prinz», riß der Herzog sich selbst aus dem wieder heiter gewordenen Nachdenken, «es kommen wohl mancherlei Tage auf uns zu. Denken Sie allein an vorzügliche Pferde. Das andere wird man besorgen». Er schickte sich zum Gehen an und sagte dabei —fatalerweise — wie er sogleich empfand: «Adieu, mon cher!»

Bei sich angelangt, legte Louis die Uniform ab, schlüpfte in bequeme Kleidung, die ihm zum Nachdenken und Träumen nötig war. Er schellte und ließ den Diener Champagner bringen, sah zu, wie das Glas gefüllt wurde. Am liebsten hätte er jetzt Freunde um sich gehabt: von Hake, Wiesel, Putlitz, wer immer ihm hätte Gesellschaft leisten können. Er spürte es trotz allen Beschwichtigens von oben, der Krieg rückte heran. Dazu brauchte er nicht das Gerede des Königs zu hören oder die ewigen Briefe Napoleons zu lesen, die fast alle mit der lächerlich anmutenden Anrede begannen: «Mein Bruder . . .»

Aber was bedeutete das, ihm ausgerechnet die Vorausgarde übergeben zu wollen? Lag darin Vertrauen, oder war es eine Falle, die Seine Majestät mit den Kabinettsräten und Herren des Kriegskollegiums ausheckte? Und wenn es eine Falle werden sollte, wie war dann der Mechanismus ihres Zuschnappens konstruiert?

Er trank das perlende Getränk in raschen Zügen und wurde gewahr, daß er immer klarer und schärfer zu denken begann. Seine Majestät brauchte ihn nicht etwa, weil er sich schon einmal ausgezeichnet hatte in den Kampagnen gegen die Revolution rechts und links des Rheins, es war etwas anderes. Etwas ganz anderes. Louis war erstaunt, daß er noch nicht eher darauf gekommen war.

Wessen Scherenschnitte waren es denn, die in den Stuben

der Bürgerhäuser hingen, manchmal umsteckt mit frischen oder getrockneten Blumen? Die des Königs? – Lächerlich! Dessen Kinn allein hätte die Silhouette unmöglich gemacht, und erst recht nicht das schwammige Gesicht. Sein, Louis' Konterfei, hing in den Mädchenkammern und wurde spät abends mit Seufzern und Tränen bedacht.

Die Wiesel hatte es ihm erzählt, und er hatte darüber so gelacht, daß sie ernstlich böse zu werden begann wegen seines Spottes gegenüber reinen und wahren Gefühlen. Er hatte von «schluchzenden Ziegen im Mondschein» gesprochen.

Wer hatte das alles über ihn in Umlauf gesetzt? Damals den lächerlichen Gesang unter der Linde in der Mark, dann das Gerede über ihn und Henriette, schließlich diese Scherenschnitte, die Schattenbilder mit seinem Profil.

«Ich habe davon nie eins gesehen, und ich wüßte nicht, irgendwem dazu gesessen zu haben», hatte er zu Pauline an einem anderen Abend gesagt.

«Ich kann dir eins bringen, nichts leichter als das», hatte sie lachend geantwortet. Tatsächlich zeigte sie ihm eins, und er fand es nicht einmal schlecht. Er wollte es dann zerreißen, aber sie nahm es ihm aus der Hand: «Ein Bild vernichtet man nicht, und schon gar nicht das eigene, wer es tut, holt sich den Tod auf den Leib!»

«Was redest du für einen Unsinn, Pauline?»

«Bei uns sagt man es so.» Dann hielt sie ihm den Schattenriß vor die Augen und fragte: «Soll ich dir die Charakterpunkte deuten?»

«Wenn es dir Spaß macht. In der Schweiz soll es einen Gelehrten geben, Lavater, der die Menschen nach ihren Äußerlichkeiten beurteilt.»

«Davon habe ich noch nichts gehört, dann laß mich heute einmal dein Lavater sein.» Sie hatte abwechselnd auf den Scherenschnitt und auf das lebendige Antlitz geschaut, war zur Seite getreten, ein Auge zukneifend. Sie hatte sich endlos wichtig gemacht. Als er langsam die Geduld verloren, tippte sie auf die papierene Schwingung seiner Stirn. «Sie zeugt von einer Art Genie, es ist eine Künstlerstirn, in der Musik wohnt und Schönes überhaupt. Und hier», ihr weißer Finger zeigte auf die Partie der Augen, «das Augenjoch mit der Nase zeugt von Kühnheit, Mut, soldatischem Wesen». Dann fuhr sie am Kinn hinunter und kicherte: «Und hier liegt deine andere Lust, die Sinnlichkeit.»

Er war gut gelaunt geblieben, hatte sich aber dabei ertappt, wie er nach seinem Schattenbild geblinzelt, um die Punkte zu suchen, die sie ihm so vergnügt bezeichnet hatte.

Louis sah die Szenen wieder deutlich vor sich. Mit dem Champagner schob sich auch das Bild des Königs heran. Louis schenkte ihm beschwingt ein Glas mit Sekt ein und fragte ihn, wozu er ihn, Louis, eigentlich abkommandieren wolle? Der König schien verlegen zu lachen, dann begann er ebenfalls beschwingt zu werden: ‹Louis oder Ferdinand oder Prinz von Preußen oder . . . na, du weißt schon, ich kommandiere dich zu einer Schlacht mit Wein und Weibern — und natürlich Wild, wenn du in den Wald willst. Allerdings sollst du auch ein bißchen achtgeben auf diesen Napoleon Bonaparte.›

«Achtgeben», wiederholte Louis laut lachend und stieß im Geist mit Seiner Majestät an: «Weißt du was, ich nenne dich jetzt einfach ‹dicker Willem› und sage dir, daß du vor allem selbst auf dich achtgeben solltest. Du magst vielleicht als Mensch was taugen, aber als König besitzt du keine Größe. Du bist eifersüchtig auf meine Schattenkonterfeis. Und wenn du mich noch so viel überwachen läßt, wirst du nicht ändern können, daß mein Profil geliebt wird. Ja, du stiehlst meiner Visage sogar noch ein Quentchen Popularität für dich selbst ab. Prost Willem, du Mehlsack!»

Noch lange hörte man den Prinzen so reden, aber vieles davon blieb unverständlich und gehörte deshalb auch weiterhin nur ihm allein. Am späten Morgen betrat der erste Kammerdiener zögernd das Gemach des Prinzen. «Faß Er vorsichtig an!» befahl er dem unteren Domestiken, «wir betten ihn nur ordentlich, und ziehen auch die Vorhänge zu!»

Gegen Mittag fühlte Louis sich trotz der geleerten Flaschen frisch und voller Spannkraft. Er sah jetzt alles klarer vor sich und ließ nach dem Pferdeknecht schicken, der sich bereithalten möge, ihm allernächstens zu strengeren Diensten zur Verfügung zu stehen.

Die Ordonnanz erachtete es aber unter ihrer Würde, den Stall zu betreten. Sie rief den Mann mit barscher Stimme heraus. Der kam, vernahm schweigend, nickte nur und verschwand erneut im warmen Dunst der ihm anvertrauten Kreatur.

DER KAISER

Napoleon diktierte. Mit kurzen, hastigen Schritten ging er auf und ab. Das Geräusch der kratzenden Feder schien ihn zu beflügeln. Nur keine Stille, kein Vakuum ...

Der Schreiber duckte sich, man durfte dem Imperator nicht ins Antlitz sehen, man war hier Maschine, sonst nichts. Martell hatte es mit ansehen und anhören müssen, wie der Kaiser seinen Vorgänger zum Teufel jagte. Dieser Pedant und Dummkopf hatte geglaubt, darauf aufmerksam machen zu müssen, daß der Ort des Diktats nicht stimmte: «Sire erlauben, wir sind hier nicht in Fontainebleau!» — «Wo ich bin, bestimme ich! Hinaus! Sie melden sich zum Dienst bei den Leichen- und Krankenträgern!» Der Kaiser hatte ein gerötetes Gesicht gehabt, der Schreiber ähnelte dem Aussehen nach bereits einem Cholerakranken oder gar einer Leiche.

Der Kaiser diktierte also. Die Sätze flossen ohne Zögern aus ihm heraus, die Ohren kontrollierten, was das Gehirn erdachte. Nicht aufschauen! Martell spürte den Atem des Kaisers hinter sich und die herbe Wolke von Eau de Cologne. Er hätte sich jetzt gern einmal geschneuzt, aber nicht aufschauen, nicht mucksen. Gott bitten, daß keine dumme Fliege ans Fensterglas stieß. Martell schwitzte, obwohl der Kalenderzettel schon den siebten Oktober zeigte und Bamberg als eine kalte Stadt zu gelten hatte.

«Das Letzte!» hörte er die Stimme des Kaisers der Franzosen. Martell wußte, daß dies Letzte immer das Wichtigste war. Auch das hatte sein Vorgänger nie begreifen können, hatte bei dieser Ankündigung geglaubt, sich nun schon etwas gehen lassen zu können, die Anspannung von Kopf und Hand vermindern zu dürfen. Und dann hatte er den Kaiser bitten müssen, ein Wort zu wiederholen.

Jene Stimme, die nicht verwechselt werden konnte und durfte, jene Beimischung des Lateinisch-Italienisch-Korsischen zum Französischen des Südens, drang in einer klaren Welle zu Martell hin und versetzte dessen Rechte in eine sauberregelmäßig zuckende Bewegung. Alles an Martell war hochgespannt. Er sah jetzt tatsächlich jene verdammte Fliege, die sich immer einzustellen wußte, und zwang sie – Triumph des Schreiberwillens –, sich ohne lästiges Klatschen und Scheuchen einstweilen zu verkriechen.

Napoleon diktierte: «Botschaft an den Senat». Die Feder rauschte. «Kaiserliches Hauptquartier, Bamberg, siebenter Oktober achtzehnhundertsechs.» Es stimmte, man war wirklich in Bamberg. «Senatoren! Wir haben unsere Hauptstadt verlassen, um uns, da wir mit Sicherheit erfuhren, daß unsere Armee an ihren Flanken durch unerwartete Bewegungen bedroht ist, zu ihr nach Deutschland zu begeben! Kaum waren wir an den Grenzen unserer Staaten angekommen, so mußten wir erkennen, wie notwendig unsere Gegenwart war. Wir konnten uns zu den Verteidigungsmaßregeln Glück wünschen, die wir noch vor der Abreise getroffen hatten. Schon hatten sich die preußischen Armeen, die vollständig zum Kriege gerüstet waren, allenthalben in Bewegung gesetzt und die preußischen Grenzen überschritten ... Unsere erste Pflicht war, selbst über den Rhein zu gehen, unsere Lager aufzuschlagen und den Kriegsruf ertönen zu lassen. Er hat im Herzen aller unserer Krieger Widerhall gefunden!»

Der Kaiser schaute Martell über die Schulter: «Ist hier ein Ausrufezeichen gesetzt?»

Martell: «Sogleich, Sire!»

Der Kaiser fuhr fort. «Wohlberechnete Eilmärsche haben sie im Handumdrehn an die Orte gebracht, die wir ihnen bezeichneten ... Das Berliner Kabinett hat seinen Entschluß nicht aus eigener Überlegung gefaßt, sondern es ist mit großer Kunst und einer boshaften Geschicklichkeit dazu gebracht worden. Plötzlich befand sich der preußische König hundert Stunden von seiner Hauptstadt entfernt, an den Grenzen des Rheinbundes, mitten unter seinen Truppen, der französischen Armee gegenüber. Diese in ihren Kantonierungen zerstreut, glaubte auf das zwischen den beiden Staaten geschlossene Bündnis und auf die bei jeder Gelegenheit vom Berliner Hof verschwendeten Beteuerungen bauen zu können.»

Der Diktierende legte eine Pause ein. Martell wußte, ohne den eigenen Blick heben zu müssen, daß Seine Majestät jetzt die Arme verschränkt hielt, während der Geist schon den Schlußhieb vollzog. Dieser kam ohne weitere Verzögerung.

«In einem so gerechten Krieg, in dem wir die Waffen nur zu unserer Verteidigung ergreifen, den wir durch nichts provoziert haben und dessen wirklichen Grund wir nicht imstande sind anzuführen, zählen wir vollkommen auf die Unterstützung der Gesetze und unserer Völker, die Gelegenheit haben, uns aufs neue ihre Liebe, ihre Aufopferung und ihren Mut zu beweisen. Uns hingegen» — der Kaiser hob sein Kinn an — «soll kein persönliches Opfer zu schwer fallen, keine Gefahr abschrecken, so oft es sich darum handelt, die Rechte, die Ehre und das Gedeihen unserer Völker zu verteidigen! Setzen Sie hier Ausrufezeichen und Schluß».

Martell erhob sich und trat links zur Seite. Der Kaiser unterzeichnete stehend. Martell nahm das Blatt, hob es mit sanftwedelnden Bewegungen hoch, aber die Tinte war schon trocken. Der Kaiser läutete mit einem Glöckchen, das einen silberhellen Ton von sich gab. Martell hatte das Schreiben schon kuvertiert. Der Offizier des Post- und Kurierdienstes trat ein und salutierte.

«Schnellstens», sagte der Kaiser und holte einen fliederfarbenen Umschlag aus seiner Uniformweste. «Und diesen hier an die Kaiserin.»

Martell wartete darauf, daß er für jetzt entlassen werde, aber der Kaiser sprach ihn an: «Woher kommen Sie?»

Der Schreiber antwortete mit Deutlichkeit: «Aus Nancy, Sire.»

«Das ist auch eine gute Stadt. Man hat dort Artillerie.»

«Und wundervolles Obst, Sire, Kirschen und Birnen.»

«Ich habe es probiert, Sekretär», entgegnete der Kaiser und lachte dazu wie ein Junge. «Haben Sie vielleicht auch Kirschen gemaust? Sie schmecken so am besten.»

«Das tun doch alle, Sire.»

«Aber jetzt ist es uns verboten, sie auf diese Weise zu beschaffen.»

Martell suchte nach einem anständigen Satz, aber er fand ihn in der Eile oder auch wegen der eigenen Verwirrung nicht gleich.

«Haben Sie dort noch Familie?»

«Eine alte Mutter, Sire, sie ist seit Jahren gelähmt und kann nicht mehr aus dem Hause.»

«Das ist schlimm, überhaupt ist das hohe Alter kaum eine Wohltat. Aber ich denke, daß Sie sich um Ihre Mutter kümmern werden.»

«So gut es geht, Sire. Wenn es wieder Krieg geben sollte, wird es nicht leicht werden . . .» Martell verstummte erschrokken, denn in seinen Worten lag wohl schon Kritik, die der Kaiser nicht mochte.

«Krieg?» Napoleon ließ dieses Wort wie einen Schlachtruf ertönen. «Vielleicht machen wir nur einen Blitz daraus!» Er nickte knapp. Für Martell war es die Geste des Entlassenseins.

Berthier, den die anderen Generäle das Gehirn der Armee nannten, weil er buchstäblich alles im Kopf hatte, Truppenstärken und Marschstraßen, den Zeitpunkt für das Erreichen der Quartiere und Magazine, die Linien der Nachrichtenverbindungen und was sonst noch alles bei einem Aufmarsch ununterbrochen zu beachten ist, hatte das Diktat hinter einer Portiere mit angehört.

Der Kaiser wandte sich ihm zu: «Was halten Sie von meinen Glossen über Berlin respektive Potsdam?»

«Sie haben damit ins Schwarze getroffen, Sire.»

«Wer, glauben Sie, sind dort jetzt die Antreiber zum Kriege? Daß die Kollision einmal kommen würde, steht dabei außer Zweifel.»

«Sire, die geheimen Nachrichten von dort besagen, daß der lindernde Einfluß von Lombard und Haugwitz immer mehr zurückgegangen ist. Dafür hat die arg aktive Gattin des Königs, Madame Luise, kräftig Stimmung gegen uns gemacht. Man sagt, sie läßt am Hofe und in den Zirkeln der hochgestellten Damen schon eifrig Scharpie zupfen für künftige Kriegerwunden.»

«Wenn Weiber sich schon in Politik mischen!» knurrte Bonaparte.

«Aber es sind nicht nur die ... Weiber, wie ganz trefflich bemerkt, es sind ferner die Generale Rüchel und Blücher, schließlich die jüngeren Offiziere der Garderegimenter. Auch Prinz Louis Ferdinand wird hineingezogen.»

«Eine respektable Mischung, wenn auch im einzelnen nicht überraschend», entgegnete Napoleon. «Was die jungen Gardeoffiziere betrifft, so verstehe ich sie noch am besten. Der Frieden ist für sie die Garnison, die Langeweile, die Mottenkugel für den eigenen Balg. Aber denkt nicht zum Beispiel dieser musikalische Prinz ein bißchen abseits vom alten Stiefel?»

«Sire wollen erlauben, daß ich die letzte Frage als eine äußerst schwierige definiere. Der Prinz ist Preuße und Militär, aber auch Künstler und Lebenskünstler, er ist Enthusiast und in Maßen auch wieder Rationalist, wenngleich nicht unserer, der französischen Art. Im Stillen hegt er sogar Bewunderung für das Kühne, Neue, das sich in Euer Majestät Kriegskunst zeigt, aber er ist zu klug, um nicht auch zu erkennen, daß alle Instrumente Preußens untauglich sind, die Nachahmung auch nur zu versuchen. Ich glaube auch nicht, daß er Frankreich wie es ist, in blinder Wut verschlingen möchte, aber es gibt um ihn genügend Leute, welche die sogenannte Hydra, die tausendköpfige Schlange der Revolution noch einmal zerschmettern möchten.»

«Berthier, die Revolution habe ich längst beendet, man braucht sie nicht mehr zu zerschmettern», rief Bonaparte.

«Eine dahinschmelzende Gruppierung sieht es indes noch immer so extrem, Sire. Ein Quantum an Unbelehrbarkeit scheint wohl ein Gesetz der Politik zu sein.»

Der Kaiser hielt die Hände hinter seinem Rücken verschränkt, es war die Haltung, die ihm seit kurzem ganz eigen war und die Gesammeltsein verriet. Er wandte sich halb zu Berthier, wobei ein spöttisches Lächeln von den leicht hochgezogenen Augenbrauen her über sein Gesicht glitt. «Ich hatte soeben ein Bild Preußens vor Augen. Ich sah keinen Löwen, sondern eine Hyäne, die ebenso gierig wie feige ist, wie man weiß. Diese Art ist immer da, aber man kann sie erschlagen, Berthier, ja, man muß es tun. Europa muß eine universelle Monarchie werden unter Frankreichs Führung. Die Kleinstaaten sind ohne Zukunft. Der Handel, die Industrie schreiten vorwärts. Das Maschinenwesen beginnt, und es wird die Welt verändern.»

Der Kaiser hatte seine bekannte Gangart aufgenommen. Er durchmaß den mit Herbstblumen geschmückten Raum von einem Ende zum anderen und atmete jetzt heftig, ja fast zornig dabei. «Ein paar Irrsinnige in Berlin oder diesem Potsdam glauben also, daß man mir, Frankreich, in den Arm fallen kann.»

«Der König hält sich zurück, Sire. Er soll geäußert haben: ‹Man wird es nicht wagen, den Staat Friedrichs des Großen anzugreifen›.»

«Nun, was ist das für ein Staat, zwanzig Jahre nach dem Tode dieses Mannes, der militärisch immer zu respektieren bleibt. Inzwischen, Berthier, Sie wissen es natürlich, haben die Dinge sich gewandelt. Wir haben uns neue Stiefel angemessen, an denen die Welt erleben wird, welchen Weg wir nächstens gehen werden.»

Berthier wollte etwas dazufügen, aber der Kaiser schien seine Gedanken schon erraten zu haben. «Nein, Berthier, reden Sie jetzt nicht von Berlin, auch wenn Sie dieses Nest inmitten einer Menge Sand schon ins Kalkül gezogen haben. Ich rede davon, daß wir ihnen nach der ersten Lektion – und ich denke, alle Ihre Lineaments zielen auf einen unerhört raschen Stoß zu Saale und Elbe hin, wo die feine Gesellschaft sich schon versammelt hat –, daß wir ihnen nach der ersten Lektion den krummen Buckel klopfen werden. Ich habe nie geprahlt, auch nicht vor der glorreichen Schlacht von Austerlitz, aber ich halte dafür», Napoleon hob seine Stimme, «daß der Untergang dieses Staates und seiner Armee beschlossen ist.»

«Man hat dort freilich noch den Glanz, Sire», warf Berthier ein.

«Und die Ignoranz und Arroganz», ergänzte Napoleon, während er seine goldene Sprungdeckeluhr zog. «Diese Säuren sind es, die das ganze Gebälk morsch und reif machen für den Zusammenbruch. Uns bleibt nur, es kräftig anzustoßen.»

Ein Sonnenstrahl fiel in den Raum und belebte alle Gegenstände, vor allem die Gemälde an den seidenbespannten Wänden. Berthier sah, daß der Kaiser hier Änderungen getroffen hatte, zugunsten von Porträts der eigenen Familie. Er glaubte, diesen Mann, dem er beinahe Tag und Nacht diente, zu kennen, und dennoch blieb Unerklärliches an ihm. Was sollten zum Beispiel diese Ölbilder, deren Glanz die Neuheit verriet?

Der Mächtige war dem Blick des Untergebenen gefolgt, prüfte den verborgenen Sinn darin und erzwang durch eine harte Art den Abbruch des Zulässigen. Berthier, der Unermüdliche, Rastlose vernahm den Satz: «Haben Sie heute schon alles hinter sich gebracht, mein Freund?»

Berthier riß sich zusammen. Er blickte zu der Flügeltür und antwortete höflich, aber eine Spur schärfer als sonst: «Sire, Sie empfangen von mir in fünfundzwanzig Minuten die zusammengefaßte Tagesmeldung der Korps.»

AUSZUG DES HEERES

Wie marschiert ein Heer?

Das ist eine verfängliche Frage, weil in ihr eine Unzahl weiterer Fragen enthalten sind. Zum Beispiel die, wie groß überhaupt der in Bewegung gesetzte Truppenkörper ist. Denn es macht einen Unterschied, ob fünfzigtausend Mann in eine Richtung streben oder fünfhunderttausend. Sodann: Welcher Jahreszeit setzen sich Fußtruppen, Kavallerie, die Kanonenparks der Artillerie, die Bagage und so weiter aus? Schließlich: Welches Gelände hat man vor sich, steigt es an oder fällt es ab? Ist es von Hügeln, Wellen, Wäldern durchschnitten, gibt es Flüsse, Seen, Moore? Ziehen sich dichte Besiedlungen hin, wo einem bei freundlicher Gesinnung allenthalben Hilfe zuteil werden kann für Hungrige, Durstige, Marodegewordene, auch kranke Pferde und zerbrochene Proviant- und Pulverwagen? Ist allenthalben Vorsorge getroffen, daß dem Zug keine Störung widerfährt durch profane Dinge, die mit dem Heere nichts zu schaffen haben? Gesetzt den Fall, man zöge ins Feld und hätte an jedem bedeutenden Kreuzungspunkt die hemmende Begegnung mit friedlichen Kaufherren zu gewärtigen. Diese würden in solchen Fällen sicher den Kürzeren ziehen, aber dann käme der Streit mit den Innungen. Ein Soldat und auch ein Feldherr brauchen gleichermaßen glatte, leergefegte Straßen für einen Aufmarsch. Kommt der erst ins Stocken, geraten auch leicht alle folgenden Abläufe durcheinander.

Aber all dies traf auf die Preußen nicht zu. Ohne Zweifel verfügte man über Dispositionen, die Straßen waren vorherbestimmt, Quartiere vorbereitet, die Zeit für das Erreichen der Räume vorgegeben. Die Truppen befanden sich in straffer Zucht, man hatte gelernt zu marschieren und zu schwitzen. Die preußische Armee rückte nach ihrer Mobilmachung jedenfalls noch im September aus, Richtung West mit südwestlicher Schwenkung nach Überschreiten der Elbe, wobei Magdeburg,

Stadt und Festung, in Sachen des Marsches sich vielfach als hilfreich erwies.

Von Potsdam aus gelangt man leicht ins Feld, falls darunter auch die freie — inzwischen herbstlich gewordene Natur — zu verstehen war. Befand man sich erst einmal in der Stadt Brandenburg, hörte sich Magdeburg schon nicht mehr so weit an. Indes, man stritt höchsten Ortes, ob die Potsdamer Garnison nicht auch erst die große Residenz, Berlin, passieren sollte? Denn immer schon hatten Potsdams berühmte Regimenter zu Fuß, die Geschwader der Berittenen, die Batterien am Ende des Ganzen Furore gemacht: die Gesandten erschreckt, manchen kleinen Bürger ermutigt, die Jungfern erfreut, die Kneipenwirte gestärkt. Die Sache wurde gelöst: halb so, halb so. Wirklich müde waren die Schlesischen Regimenter. Seit dem Frühjahr zogen sie hin und her. Man hielt sie gegen die Polen bereit, deren Land man geraubt und zerstückelt hatte.

Die Armee marschierte also. Das knarrte und quietschte, beratterte das Pflaster und hißte hoch und weit die Staubfahnen in den herbstklaren Himmel. Die Pferde ächzten, der Hafer war heuer arg knapp. Dafür blitzten die Bajonette, dieser silberne Wald, männlichen Mut verkündend und tödlichen Ernst. Die Ordonnanzen preschten heran; ihre schwarzen Lacktaschen bargen Befehle und Briefe, hochwichtig für den Auszug und Sieg des Heeres. Denn wie alle seine Generale, der Herzog von Braunschweig vornan, dachte das Heer an Sieg. An was sollte es sonst denken? Auch Seine Majestät, der König von Preußen, sann auf Sieg, sollte man sich tatsächlich schlagen müssen.

«Es wäre ratsam, du bliebest in Potsdam, indes ich den Dingen nahe bin», hatte er seiner Gemahlin vor dem Auszug des Heeres eröffnet, liebevoll und besorgt.

Doch Luise antwortete voller Festigkeit: «Niemals! Ich folge der Armee, wohin sie auch ginge.»

«Nach Erfurt», hatte er trocken geantwortet und damit nichts gegen diese Stadt sagen wollen. Im Gegenteil. Er wußte, daß ein ordentlicher Magistrat dort wirkte, dem König und dem Heer zugetan, sogar von einer diesbezüglichen Adresse des Stadtrates war dem König berichtet worden.

«Und Paris? Ich denke, es geht nach Paris?»

«Sie müssen wissen, meine Liebe, daß man nur über Erfurt, meinethalben auch Gera oder Saalfeld dorthin gelangen kann.»

Luise war nicht beleidigt. Damit verbannte sie dann auch sofort des Königs Unmut.

«Wozu willst du dir den hübschen Kopf zerbrechen, es ist Sache des Herzogs, dem übrigens auch Prinz Louis unterstellt ist.»

Die Königin sah den Gatten fragend an. «Ist der Prinz nicht selbst General?»

«Gewiß, er ist es, aber er dient auf seine Weise dem höheren Plan.»

«Wenn es gegen die Welschen geht, habe ich das Recht, den Plan des Feldzuges ebenfalls zu kennen.»

«Ich habe die Sache so akkurat nicht im Kopf. Massenbach und Hohenlohe formulierten etwa so: Die Armee sucht die feindliche auf, wo diese auch stehe. Ist jene geschlagen, vollzieht sie eine Wendung und schlägt dann auch diese.»*)

Der König hätte jetzt gern eine Prise Schnupftabak genommen, unterließ es aber in Luises Gegenwart. Er schlug ihr vor, am nächsten Tag die große Jagdkarosse in Richtung Westen zu besteigen. Zu diesem Zweck rief er selbst den zweiten Hofstallmeister und erteilte ihm seine Befehle. Er ließ ein Kartenwerk herbeischaffen, auf dem das Operationsgebiet verzeichnet war,

*) Der Feldzug war preußischerseits genauer so formuliert: Die Armee sucht den Feind auf, er stehe wo er wolle. Hat sie ihn an der niederen Weser gefunden und geschlagen, und es steht eine zweite feindliche Armee an der oberen Weser, so marschiert sie nach gewonnener Schlacht dahin links ab; sie überschreitet diesen Fluß und die Ems, um überall den Feind aufzusuchen und zu schlagen. – Die phantastische Unbestimmtheit der Annahmen liegt auch bei der vollständigen und nicht verballhornten Wiedergabe auf der Hand.

wußte aber schon, daß es ihn nicht interessieren würde und er es nicht brauchte.

Das königliche Paar reiste von Berlin ab. Die große Karosse wurde von sechs Pferden gezogen. Der König zog die seidenen Vorhänge mit eigener Hand zu. Er lag in den gesteppten tiefen Polstern und versuchte, die Aufregungen der letzten Tage zu vergessen. Es kam vor, daß der Wagen anhielt, und der König dachte daran, wie der unglückliche sechzehnte Ludwig auf seiner Flucht aus dem rebellischen Paris angehalten worden war, womit seine letzte Leidensstation begonnen hatte.

Auch Luise zeigte sich zuweilen beunruhigt, doch der Grund war ein anderer. Wie, wenn sie zu spät kämen und der Emporkömmling, dieser Leutnant, der sich eine Kaiserkrone aufgesetzt, schon das Weite gesucht hätte? Der König beruhigte sie mit dem heiteren Spruch, daß die Preußen so schnell nun auch wieder nicht schießen. So wurde die Fahrt angenehmer, als er noch beim Einsteigen befürchtet hatte. Sie überholten marschierende, reitende, fahrende Truppen, am Wege lagen Wagen mit zerbrochenen Rädern, zerspellten Deichseln. Es war unvermeidlich, daß Gerät zu Schaden kam. Auch Menschen, Soldaten, weniger Offiziere, waren von gelegentlichem Unglück betroffen. Sie hockten im Herbststaub an der Straße und warteten auf irgendetwas.

Man machte Rast, vertrat sich die Beine an einem sanften Waldrand. Der König verspürte plötzlich Lust zur Jagd, aber es ging hier nicht an. Er sah nach einem Punkt, der rasch über den Himmel hinschoß und dann herabstieß. Ein Habicht jagte einen Hasen, der seinem Schicksal durch schnelles Hakenschlagen zu entgehen versuchte. Der König lachte, als es passiert war: «Jetzt hat er's!» Und die Königin, nicht wissend wovon er sprach, sah ihren Gemahl leicht irritiert an.

War der Hauptkutscher ein Tölpel, oder war der tückische Brocken schuld, den das spärliche Gras auf jenem Nebenweg versteckt gehalten? Man mußte jedenfalls ausweichen, weil Kanonen die Straße versperrten und die Begleitoffiziere des Königs trotz energischen Auftretens für die Karosse nicht Raum schaffen konnten. Gleichviel, es war geschehen: eine Radnabe war gesprungen, eine der großen Federn unter dem Kupee aus ihrer Halterung herausgeschnellt.

Der schlichtere Ersatzwagen, der immer mitfuhr, hatte aus ähnlichen Gründen bereits vor einiger Zeit ausscheren müssen. Es half nichts, sie mußten aussteigen. Wieder dachte der König an Ludwig. Was mußte er in dem Augenblick durchgemacht haben, als man ihn bei Versailles auf der Flucht erkannte? War ihm dort schon klargewesen, daß das kalte Eisen seinen Kopf vom Rumpf trennen würde?

Majestät wischte sich die feuchte Stirn ab. Auch Luise sah jetzt blaß aus, aber das machte die Reise, die anders war als sonst. Die Lakaien hinten waren als erste von dem Gefährt abgesprungen. Sie waren von Kopf bis Fuß bestaubt, und ihre Münder schienen wie rissige Löcher. Sie schnappten nach Luft, besannen sich aber sofort auf ihre Pflichten. «Stehen zu Diensten, Euer Majestät!»

Der König winkte ab. Worin sollten die Dienste jetzt bestehen? Den Schaden reparieren konnten sie nicht, auch nicht die Herren Offiziere mit ihren Tressen und Schnüren, die schon schmutzig waren und sich vernestelt hatten. «Sorgen Sie, daß es bald weitergehen kann», ordnete der Monarch an, und starrte auf den Weg, auf dem Ameisen herumliefen, sinnlos und dumm, wie ihm schien.

«Man sollte jetzt etwas zu sich nehmen», nahm Luise das Wort, und der König nickte ihr zu, obgleich er keinerlei Appetit verspürte, nur der Gaumen vermeldete selten gekannte Trokkenheit, die vom Staub herrührte. Er winkte einem Lakaien, bedeutete ihm das Gewünschte. Der sprang an die Rückseite des Wagens, wo ein riesiger Koffer festgeschnallt war.

Es stellte sich heraus, daß sich gerade darin nicht der Reiseproviant befand, dieser war in der Ersatzkutsche mitgefahren. Luise litt darunter, aber sie bemühte sich, es nicht zu zeigen, es

Das königliche Paar reiste von Berlin ab.

war ihr fast so etwas wie eine willkommene Entbehrung, in der schon Soldatisches, Opferbereitschaft, lag. Einer der Begleiter, ein Major der Garde, befahl einem Reiter, das nächste Dorf aufzusuchen und den Hufschmied ohne Verzögerung an die Schadensstätte zu bringen, und wenn der Mann auf allen vieren laufen müßte ...

Der Reiter war schon davongesprengt, als ein Hauptmann den Vorschlag machte, die Königliche Kutsche mit einer Stange, die man leicht aus einer jungen Fichte hauen könnte, abzustützen und sie dann langsamen Pferdeschritts in das Dorf zu fahren. Die allerhöchsten Herrschaften könnten dabei sicherlich sogar wieder in die Polster steigen.

Der Gardemajor empörte sich über diese Anmaßung und erklärte, nur die fatale Tatasache, daß Seine Majestät in direkter Nähe sei, schütze den Hauptmann vor einer Antwort, die ihn Hören und Sehen vergessen lassen könnte.

Schließlich kam der Schmied mit einer ledernen Halbschürze und einigem Werkzeug, das er klirrend ausbreitete, nachdem er dem allerhöchsten Paar nur eine liederliche Verbeugung erwiesen hatte. Er sprach in einem Tonfall, der anders war als der im Brandenburgisch-Preußischen. Es hörte sich etwas ziehend oder singend an, verletzte aber nicht das Ohr, auch nicht das des Königs, der sich interessiert neben die Kutsche stellte. Zum erstenmal sah er einen wirklichen Schaden und die Arbeiten zu dessen Behebung.

Die Königin indes hatte mit Hilfe eines Dieners einen anmutigen Sitz auf einem Flecken Moos gefunden, worüber erst ein wollenes Tuch ausgebreitet worden war. Sie schien sich wohl zu fühlen und erinnerte sich an die Schilderung des Soldatenlebens in manchen Liedern, wo die freie Natur das schlichte Bett des Kriegers war und die Wolken ihn zudeckten, bis die Trompete zum Wecken und damit zu neuem Kampf blies.

Endlich war der einsilbige Dorfschmied fertig, obgleich König und Königin von Preußen geduldig gewesen waren und auch in allem übrigen vernünftig, während es dem Major wie dem Hauptmann nicht schnell genug ging. Der König suchte nach einem Geschenk, aber er fand nicht einmal Geld in seinem Reisegewand. Der Major erledigte die Sache, und der Schmied schien auch zufrieden damit.

Man bestieg wieder den Wagen. Nicht weit davon marschierte das Heer, man hörte sein Stampfen und Rollen. Der König schob gelegentlich etwas die Gardine zurück, um zu sehen, wo man sei oder ob es etwas Interessantes zu erspähen gäbe. Einmal glaubte er, Prinz Louis Ferdinand gesehen zu haben. Aber der Reiter war seinen Blicken zu schnell wieder entschwunden. Immerhin veranlaßte ihn dieser Umstand, sich an die Königin zu wenden und ihr beiläufig eine Mitteilung zu machen, welche die Empfängerin als die sie am meisten berührende Neuheit der letzten Tage überhaupt empfand.

Es handelte sich um die Tatsache, daß Louis Ferdinand einen Tag vor seiner Abreise in das Operationsgebiet dem König eröffnet hatte, er habe sein Testament geschrieben und amtlich gemacht. Darin bitte er Seine Majestät ergebenst um die Regelung einer «Hinterlassenschaft», die ihm am Herzen läge. Es handelte sich um den Knaben und das Mädchen, die er mit Henriette Fromme gezeugt hatte. Er wisse wohl, habe Louis geäußert, daß er dem Hof in dieser heiklen Sache einige Aufregung bereitet hätte, aber es sei nun einmal geschehen, und der Herrgott könne gewiß nicht wollen, daß der kleine Louis und die kleine Blanche darunter leiden sollten. Der König hatte Louis daraufhin rundheraus gefragt, welche Wünsche er habe, und Louis war auf eine anständige Adoption der beiden eingekommen. Man solle die Mutter versorgen, und den Kindern eine angemessene Erziehung zuteil werden lassen. Überhaupt gäbe es da Möglichkeiten, wenn man etwa an einen adeligen Titel für die Kinder denke ...

Luise hatte schweigend zugehört. Sie konnte die Tränen nicht zurückhalten und griff immer wieder gerührt nach dem spitzenbesetzten Tüchlein. Ob Louis sich krank gefühlt habe? Die Königin erhielt eine verneinende Antwort. Der Prinz habe gestrahlt wie ein junger Gott. Ihm, dem König, sei ein seltsamer Gedanke gekommen, daß die Natur doch zuweilen ihre Scherze mit dem Menschen treibe. «Da gibt es Jünglinge, die schnell und fast ohne Übergang zum alten Mann geraten. Bei Louis verhält es sich umgekehrt. Er ist doch nun schon reiferen Alters, aber das Knabenhafte will nicht aus seinen Zügen weichen.»

«Im Übrigen», setzte der König fort und schien sich selbst in dem geschlossenen Kupee vergewissern zu wollen, daß kein Dritter zuhören konnte, «ist da noch etwas, was mich an dem jetzigen Zustand des Prinzen in Nöte bringt».

«Was ist es?» drängte die Königin.

«Man hat mir einen Bericht gegeben über Louis' Ansichten, die er am Tage vor dem Ausmarsch im Hause eines Stabsoffiziers vom Regiment Gend'armes geäußert haben soll. Ich bezweifle nicht, daß diese Angaben stimmen.»

Die Königin verzog das Gesicht. «Eine Denunziation? Pfui! Ich habe kein Vergnügen, es zu hören.»

«Nun dennoch, die Auskunft bringt seine Grillen an den Tag.»

«Dann laß hören», sagte Luise, gab aber die Miene des Angewidertseins nicht auf.

Der König griff nach einem Mäppchen, zog ein Blatt heraus und las unter dem fortwährenden Rollen der Karosse: «Wir sollen marschieren, ich weiß aber nicht, ob hier für uns Ehre zu erjagen sein wird, so wie nämlich die Sachen stehen. So sehr ich es wünschen muß, so wenig wage ich es zu hoffen. Nur in der Voraussetzung, daß der König alles aufbieten wird, was einen glücklichen Erfolg verheißt, daß wir schnell handeln, daß, wie man sagt, ein russisches Hilfskorps zu uns stößt, und wir mit Übermacht agieren: nur bei dieser Voraussetzung bin ich im allgemeinen ruhig. Aber ganz wohl ist mir im besonderen nicht dabei, wenn ich höre, wie unsere jungen Herrn Offiziere und die Soldaten von diesem Feldzug reden, als ob unser Sieg unzweifelhaft wäre, als ob wir Laien in der Kriegskunst vor uns hätten. Wie wenig kennen sie das französische Heer. Mit Meistern können sich nur Meister hoffnungsvoll messen, die Franzosen sind Meister in der Kriegskunst; ob wir es sind, muß sich erst herausstellen. Zwar rede ich öffentlich nicht so zweifelnd von der Sache, um die Leute nicht zu entmutigen, ihnen nicht das Vertrauen zu nehmen, das wäre Torheit. Aber ich denke ganz anders und wünsche herzlich, daß jedermann das Maximum seiner Pflicht erfülle. Nur dann läßt sich ein gutes Resultat erhoffen.»

Der König faltete das gelbliche Blatt zusammen und schob es zurück in die lederne Hülle.

«Es ist nur Sorge und Ernst, die aus dieser Rede sprechen, wenn sie so stimmt», ließ sich die Königin nach einer Weile vernehmen. «Ich finde nichts, was ich verurteilen müßte, wenn die Melancholie darin auch etwas übermächtig ist für einen Offizier und Soldaten seines Standes.»

«Eben das ist es», pflichtete die Majestät bei, «sinkt erst der Mut, sinkt leicht der Stern».

«Der Stern des großen Friedrich kann nicht sinken, dann müßte die Welt erst vergehen», flüsterte Luise, und es war ihr ernst damit.

Als man einen altertümlichen Wagen überholte, der eher einem Prunksarg auf Rädern glich, erschrak die Königin und tastete nach der Hand des Gemahls. «Was ist das, was fährt da?» stieß sie hervor.

Die Majestät schaute durch das schmale hintere Fenster ihres fahrenden Gelasses und erkannte die Karosse des steinalten Möllendorff. Es war der letzte, noch lebende hohe Kriegsgefährte des großen Friedrich. «Der alte Generalfeldmarschall», sagte der König, «ich habe es ihm nicht ausreden können, daß er mit seinen zweiundachtzig Jahren noch mit ins Feld fährt. Er glaubt, mit seiner Person Ruhm- und Siegesgewißheit verbreiten zu können.»

«Wie groß und schön», rief die Königin erfreut aus.

«Das ist es ohne Zweifel, aber er hat die Manier, allenthalben anzuhalten. Nicht weil es dafür einen Alterszwang gäbe, sondern weil er mit den Leuten reden und sie anspornen will.»

«Das Aufhalten der Soldaten geht doch jetzt aber nicht an ...»

«Die Fatalität, liebste Luise, ist ja noch eine andere. Der ehrwürdige Alte weiß nicht, daß beinahe jeder dritte in unserem Heere kaum des Deutschen mächtig ist.»

«Wie das?» entfuhr es ihr schreckhaft.

«Es hat die Bewandtnis, daß wir die eben preußisch gemachten Polen mit entsprechender Pression in unsere Reihen gebracht haben.»

«Ich dachte, unsere Armee besteht nur aus unseren Landeskindern.»

«So war es nie, Luise. Der große König hat sich die Soldaten zu verschaffen gewußt. Mal mit dem blanken Taler auf der Hand, mal mit dem Sack übern Kopf, mal nahm er die Gefangenen von der anderen Seite und kehrte sie um, wie er's mit den Sachsen tat anno siebzehnsechsundfünfzig. Wie soll's auch anders gehen?»

Unter solchen Gesprächen verging die Reise, und die königliche Karosse nahm dabei ebenso wie der letzte schlichte Fouragekarren im allgemeinen Aufmarsch des Heeres ihren einzigartigen, unersetzbaren Platz ein.

DER WALD

Die Jagd und der Krieg. Gab es da eine deutlich gezogene Grenze? Erkannte der Prinz sie und zollte er ihr Respekt? Die großen Jäger haben immer gewußt, daß ihre Jagdlust manches Element des kriegerischen Handwerks enthält. Und große Eroberer erkannten umgekehrt das Jagdliche an ihrem blutigen Geschäft. Geheime Verwandtschaften bedeuten jedoch noch keine Identitäten. Der Irrtum konnte verhängnisvoll sein.

Louis war die Jagd niemals geneidet oder untersagt worden. Und so lange noch nichts Ernsthaftes geschah zwischen der eigenen Armee und der der Franken, durfte man sich lockern, unterhalten lassen, dem Vergnügen hingeben, wo es sich anbot. Seine Majestät konnte nichts gegen die freie Gestaltung der Tage zwischen Frieden und Krieg einwenden, im Gegenteil, man war es höherenortes zufrieden, den Prinzen beschäftigt zu wissen. Das vertrieb andere Kapriolen und hielt Ärgerliches fern.

Das Wetter war für jagdliches Streifen vorzüglich, in den Wäldern tummelte sich viel Wild, darunter Hirschrudel mit kapitalen Exemplaren ihrer stolzen Art. An die Mitnahme von Jagdwaffen war beim Auszug des Heeres indes nicht gedacht worden. Denn ein in kriegerischer Angelegenheit ausziehender Offizier würde wohl mit einer Wildschweinflinte nicht so recht ernst genommen werden. Am Schauplatz angelangt, fand ein hoher Herr allemal Gelegenheit, sich das Entsprechende besorgen zu lassen.

Und so war es auch hier. Binnen kurzem hielt der Prinz, und nicht nur er, anständige Waffen für die edle Jagd in den Händen. Die Pferde galt es ohnehin in Bewegung zu halten. Hier gab es einen typischen Berührungspunkt zwischen Krieg und Jagd: das aufmerksame Durchstreifen von Wald und Flur, das Aufklären natürlicher, geographischer und anderer Beschaffenheiten als zusätzliche Gabe frohen Jagens.

Der Herzog von Braunschweig, in manchem schon bedenklich geworden seit dem Auszug des Heeres und auch vorher in seltsam niedergedrückter Stimmung, äußerte zurückhaltend Bedenken gegen das Weidwerk des Prinzen. Er traf ihn Anfang Oktober in einem von häufigen Jagdritten etwas mitgenommenen Uniformrock und sprach ihn mit jener väterlichen Güte an, die immer wieder den Klatsch nährte.

«Ich sehe, daß Sie, Prinz, guter Dinge sind, und gerade diese Lage des Gemüts ist uns allen recht vonnöten.»

«Ergebensten Dank, Herr Herzog. Man stößt hier auf Wild,

wie es bei uns erst wieder in der Glatzer Ecke zu finden ist. Nicht zu scheu und nicht zu flüchtig, gesund bis ins Mark.»

«Ich war in meiner Jugend auch kein schlechter Jäger. Aber ist man über die siebzig, sitzt man lieber zur Tafel und läßt sich das Wildbret bringen.»

«Es wird mir eine Ehre sein, Ihrem Gelüst zu willfahren.»

«Nun, mein lieber Prinz, beeilen Sie sich nicht mit der Hirschkeule für einen Magen, der vorderhand mit allerhand Quellwasser und Pülverchen bedient werden will ...»

«Ich höre es zum erstenmal, Herr Herzog, und es dauert mich solcher Zustand der Physis.»

Der Herzog winkte ab. «Nicht deswegen, lieber Prinz, red ich Euch an. Der Kriegsmann, der Feldherr zumal, sollte nicht über sein Zipperlein klagen, wo höhere Dinge im Spiele sind, und die sind es jetzt, denn die Sache stellt sich ernst.»

«Ich höre, mein Herzog.»

«Die Franzosen mögen sonst sein wie sie wollen, im Felde sind sie doch eine Kraft, mit der zu rechnen ist.»

Der Prinz dachte bei sich: Gewiß doch, du hast es ja erfahren bei Valmy und anderswo. Doch dann antwortete er dem Herzog mit der Munterkeit eines ausgeruhten, gesunden, noch durchaus jungen Mannes: «Unsere Kraft liegt in unserem Geist, unseren Seelen, Herzog.»

Der Ältere vernahm den Schwang und Schwung und bemerkte, daß an der Litewka des Prinzen ein goldener Knopf fehlte, der jetzt wohl irgendwo im Heidelbeerkraut blinken mochte. «Wieder muß ich Sie loben, mein Prinz», sagte der Herzog und versuchte dabei seine Augen von der Schadstelle abzuwenden, «aus Ihnen spricht jener schöne männliche Mut, der am Ende den Sieg erstreitet, und dennoch muß ich Sie in allen Ehren bitten, dem Faktum des Krieges noch etwas höher eingedenk zu sein.»

«Wie darf ich dies verstehen, mein Herzog?»

«Man hat mir angedeutet, daß Sie sich im Angesicht des Feindes in letzter Zeit ein wenig zu heftig in der Jagd strapazieren und», der Herzog legte eine kleine Pause ein, um die nächsten Worte fast wie eine Entschuldigung auszusprechen, «die jetzt doppelt kostbaren Pferde ebenfalls».

«Euer Exzellenz gestatten gütigst», entgegnete der Prinz mit jäh geröteten Wangen, «es ist die alte Schlange wider mich, dieses Gezische und Gespeie. Und ich ahne, woher es kommen mag. Erlauben Sie, man mag mich aller möglichen Fehler zeihen, doch als Offizier tue ich seit der ersten Stunde dieser Kampagne, was mir aufgetragen ist. Und dazu zählt, daß ich Weg und Steg erkunde, die Karte auf ihre Wahrheit hin prüfe und nicht zuletzt mich vergewissere, ob der Franke, dieser grand chasseur, zu dem Bonaparte ihn gemacht hat, nicht schon hie und da hinter Baum und Strauch sich verborgen hält.»

Der Herzog hörte die Philippika ohne ein Zeichen der Ungeduld oder gar des Unmuts an. Das fiel ihm nicht schwer, denn die Sympathie blieb in ihm mächtig. Sie zauberte ein schwaches Lächeln in die Augen, die bei Jena so grausam durchschossen werden sollten. «Nun, lieber Prinz, es ist kein Grund, sich zu erregen. Man weiß um den Geist Ihres hohen Dienstes und schätzt ihn. Es war nur die Bitte um Schonung einer allerteuersten Person zugunsten des eigentlichen Höhepunktes. Im übrigen ist es von Nutzen, sich öfter den Truppen zu zeigen, die Herren Offiziere so peu á peu in Augenschein zu nehmen und überhaupt . . .»

Die Luft war dem Herzog ausgegangen oder das Denken oder beides. Der Prinz hätte aber gern gewußt, was mit diesem «überhaupt» gemeint war. Eine Scheu hielt ihn zurück, den greisen Herrn, der ihn jetzt immer stärker an den alten, in Wustrau begrabenen Ziethen erinnerte, in Bedrängnis zu bringen. Louis senkte den Blick, sah an sich herunter und bemerkte nun ebenfalls den fehlenden Knopf an seinem Oberrock. Der Herzog stand unbeweglich. «Entschuldigung, meine tiefste Entschuldigung», stammelte Louis, und keiner von beiden wußte recht, welchem Umstand diese Bitte um Entschuldigung nun eigentlich gelten sollte.

Louis ging noch lange eine Begegnung in dem tiefen, endlosen Waldstück im Kopf herum, in dem er auch das lächerliche Detail an seiner Kleidung verloren hatte. Sie waren über eine Lichtung geprescht, über die beim Erscheinen der Reiter noch rasch ein Rehbock wechselte. Eine Hütte bot sich den Augen. Man konnte denken, daß sie schon beim Heranreiten zusammenfiele wie dürres Geäst. Der Fensterladen hing schief in den Angeln. Nichts deutete darauf, daß dort jemand wohnte. Vielleicht war sie einmal vom Waldhüter zum Schutze vor plötzlichem Unwetter errichtet worden oder von einem dieser Eremiten, die es hier ab und zu gab.

Der Reitknecht Menz aus Potsdam, den Louis beim Auszug für sich bestimmt hatte und der deshalb noch lange ein Maul zog, weil er viel lieber in seinem Pferdeloch geblieben wäre, zeigte sich verängstigt und blieb etwas zurück. Da hatte Louis die Tür der Hütte aufgestoßen und war augenblicklich zurückgeprallt. Ein Wesen stand in dem niedrigen Rahmen der morschen Behausung, dessen Kopf so weit vorn nach unten hing, daß dieser beinahe schon die Erde berührte. War das ein sich bewegender krummer Knochen ohne alle Bestimmbarkeit, oder war die Erscheinung vor langer Zeit wirklich einmal ein Mensch gewesen? So hatte sich Louis verschreckt gefragt. Er wußte nicht, wie er sich verhalten sollte und sah mit einem kurzen rückwärtsgerichteten Blick, daß Menz sich hinter einem Fichtenstamm versteckt hielt.

Da hatte der Prinz das Wesen angesprochen, wie man einen Menschen anspricht, denn die Vermutung, es müsse einer sein, lag noch am nächsten. Eine Stimme hatte ihm geantwortet, die alles und nichts veränderte. Die Stimme hörte sich jünger an, als man hätte vermuten können.

Das Wesen fragte: «Was wollen Sie?» und versuchte sich aufzurichten, was nicht gelang. Es konnte ihn nicht sehen, nicht wissen, wer vor ihm stand.

«Der Zufall brachte uns hierher», hatte er rasch hervorgebracht, um dem Wesen die Angst zu nehmen.

Louis ging noch lange eine Begegnung in dem tiefen, endlosen Waldstück im Kopf herum . . .

«Der Sohn ist drin, und auch die Frau», wurde ihm Auskunft zuteil, die er nicht verlangt hatte, obwohl das Bild nun damit klarer wurde, denn Louis begriff sofort, daß sich die von Gott geschlagene Kreatur mit dieser Mitteilung schützen wollte, falls er ein Räuber wäre.

Daher hatte er dann mit Festigkeit geantwortet: «Wir sind Soldaten des Königs und sind friedlich.»

Ein Zucken war durch den krummen Knochen gegangen, und dazu die nicht unangenehme, sehr helltönende Stimme:

«Er ist auch so was gewesen und heimgekommen mit einer Frau, die keiner versteht, nur er.»

«Dürften wir wohl einmal hinein?» hatte Louis gefragt, und dabei war ihm bereits ein Schauer vor der Gewährung dieser Bitte über den Rücken gelaufen. Aber es war gesagt, er konnte nicht mehr zurück. Menz, der nun endlich herangekommen war, mußte ihn begleiten.

«Er kommt nur selten heraus», sagte das Wesen und deutete auf das Innere der Behausung. «Es ist wegen dem Schuß in das Knie. Aber sie pflegt ihn, und es soll ein Kind kommen im Winter.» Das krumme Geschöpf gab dabei einen tiefen Seufzer von sich.

Louis trug Degen und Pistole, der Reitknecht die Jagdwaffe. Sie waren damit gut bewaffnet, und es konnte ihnen nichts geschehen. Die Verkrüppelte gab den Eingang frei. Da er kaum etwas sehen konnte, hatte er, wie eine Parole in das Halbdunkel gerufen: «Gott zum Gruße! Friedliche Gäste! Soldaten des Königs von Preußen!»

Ein Gemurmel hatte ihm und dem Reitknecht geantwortet, aber es war kein wirklicher Gegengruß gewesen, kein Empfangswort, nur eine Andeutung davon. Immerhin, es hatte ihm genügt. Die Waffen taten gut, und man blieb auf der Hut in dem Dunkel, das nicht gut roch. Er war stehengeblieben. Der Knecht dicht hinter ihm, auch er schwer atmend nach der würzigen Luft des Waldes. Langsam hatte der Prinz ein Gesicht gesehen, struppig von Haar umrahmt, mit durchdringenden Augen, die ihn scharf prüften.

«Ein Offizier?» hatte der Bärtige gefragt, und seine Stimme war dabei rauh gewesen, wie von einem schweren Husten geplagt. «Warum hast du ihn hereingelassen?»

«Er wollte es doch», antwortete die krumme Frau und setzte hinzu: «Er sieht nicht böse aus.» Sie hatte nur Louis gemeint. Den Diener und Knecht nahm sie nur als Teil der anderen Person.

«Was wollt Ihr?» fragte es aus dem Halbdunkel weiter.

«Nichts!»

«Das gibt es nicht!»

«Wenn Sie es verlangen, gehen wir sofort hinaus.»

Da plötzlich: «Bleiben Sie!»

Jetzt erst hatte Louis auch die Frau entdeckt, die tatsächlich schwanger war. Überrascht starrte er sie an. Es war ein Weib von großer Schönheit, woran ihr Zustand nichts minderte. Ihr Gesicht erinnerte an den Süden, wo auch das Meer nicht mehr fern ist. Die Augen waren voller Leuchten, das Haar floß dunkel an ihr herab. Dies alles zu sehen gewährte selbst die Düsternis des Raumes, worin man sich nun zu fünft befand.

Ein «Gespräch» wäre es nicht zu nennen gewesen, schon gar nicht eine sogenannte Konversation, wo Frage und Antwort, Antwort und Frage sich zu einem ausgewogenen, bedachten Spiel der Gedanken verbinden. Der Mann hatte gefragt: «Von woher kommen Sie?»

Darauf war die Antwort gegeben worden: «Potsdamer Reiter. In der Nähe im Lager.» Das hatte zu genügen, man schwatzt über derlei nicht auf dem Markt und nicht im Walde.

«Das Ziel, die Bestimmung?» Nun, diese Frage war schon entschieden zu weit gegangen, aber er hatte darauf so pariert: «Wie's der König, die Generalität befiehlt.»

Im Raum hatte dann Stille geherrscht, bis der Mann sagte: «Immerzu wird etwas befohlen. Und was kommt danach?»

Was sollte man darauf antworten? Es war eine Feststellung

und zugleich eine Frage, in der ein Keim von Aufsässigkeit lag. Daher hatte Louis beschlossen, etwas deutlicher in dem schwach belichteten Dunst der Hütte zu werden. «Sie haben gedient, wie es scheint.»

«Es scheint nicht bloß so, mein Knie ist noch Zeuge.»

«Blessiert und wo?»

«Zum ersten Mal unterm Herzog von Braunschweig bei Valmy, das zweite Mal unter Bonaparte in Italien. Siebenundneunzig. Er war noch nicht Kaiser damals.»

Da hatte ein Zucken den Prinzen durcheilt, und willkürlich war seine Hand zur Pistole gefahren. Aber im nächsten Augenblick hatte der Verstand wieder Gewalt über ihn bekommen und ihn etwas Läppisches, Lapidares sagen lassen: «Da habt Ihr Glück gehabt, Mann!»

Der Andere hatte ein bitteres Lachen ausgestoßen. «Nennt man das hier Glück?»

Louis war das Stehen und Reden und Anhörenmüssen unter dem elenden Dach und in dem schlechten Geruch langsam leid geworden. Trotzdem wollte er noch eine Frage stellen, die ihm keine Ruhe ließ. «Wie seid Ihr zu Bonaparte und nach Italien gekommen?»

«Ja, wie?» war da zurückgefragt worden. «Man ließ mich bei Valmy liegen. So im Blut wie ich war. Ein Freiwilliger aus Paris, einer vom Feind, hob mich auf und brachte mich zum Wagen. Sie verbanden mich, behandelten mich, ich behielt das Bein».

«Und aus Dankbarkeit seid Ihr zu Bonaparte gegangen? Um euch den nächsten Schuß zu holen, so daß Ihr heute hinkt und im Walde hockt!» Der Spott war deutlich, wenngleich der Prinz eine noch schärfere Bemerkung zurückhielt. Denn auch mit einer Waffe an der Seite war es nicht gut, hier zuviel und zu heftig zu reden.

«Nennt es nicht Dankbarkeit. Vielleicht war alles ein großer und schmerzlicher Irrtum, denn auch er hat sich jetzt zum Kaiser gemacht, zum großen Herrn über Heere, die nicht weit weg stehen von hier und von denen man nicht recht weiß, was sie wollen und wohin sie noch wollen. Und dennoch, mein Herr, ich bereue es nicht, es war eine Hoffnung ...»

Gleich darauf war etwas geschehen, was Louis bis zu seinem Tode nicht mehr vergessen würde. Der Mann hatte plötzlich dicht vor ihm gestanden, ohne eine Spur von Drohung, im Gegenteil, mit aller Vertrautheit, die ein Mensch zum Ausdruck bringen kann. «Sie werden diese Hütte wohl niemals brauchen, Prinz! Aber wenn es sein sollte, steht sie Ihnen offen und wird Sie einen Tag oder eine Nacht lang schützen können. Obgleich wir keine Freunde sind. Salut, Prinz! Reiten Sie Ihres Weges. Ich weise Ihnen denselben, und Sie sollen von mir nicht betrogen werden.»

Weniger, daß er einen Anhänger der französischen Revolution vor sich hatte, als vielmehr, daß er erkannt worden war, berührte Louis. Schließlich trug er nur die bequeme Litewka, die den hohen Offizier zwar andeutete, keinesfalls aber seinen Stand als Prinz von Preußen. Was trieb dieser Waldschrat hier? Wovon lebte er? Man konnte ihn fragen, oder es auch auf andere Weise herauskriegen, falls es überhaupt von Interesse wäre. Der Hinker hatte ihn erkannt und mit «Herr» angeredet. Das war wohl die Klarstellung der Verhältnisse, wie der Kerl sie wünschte. Auch Bonaparte hatte ihn da wohl verraten, den Herrn Jakobiner oder was es an noch Schlimmerem gab in dem Nudeltopf Frankreich nach neunundachtzig. Und ausgerechnet der bot ihm seinen Menschenstall an, in dem nicht einmal der Reitknecht Menz nächtigen, geschweige denn ein Krümel Brot verschlucken würde.

Louis hatte sich gefaßt. «Glauben Sie vielleicht, daß ich oder der da» — er hatte dabei auf seinen Begleiter gezeigt — «jemals als Deserteure einen Unterschlupf suchen müßten? Es ist das Ungeheuerlichste, was ich jemals gehört habe.»

«Ich rede nicht davon, daß einer wie Sie desertieren könnte, das wäre in der Tat ungeheuerlich. Aber Sie können nicht wissen, wie die Tage noch kommen werden ...»

Auch nach dieser hundsföttischen Drohung blieb Louis ruhig. Er hatte sich zum Gehen gewandt und bewußt einlenkend gesagt: «Wie es auch sei, ich danke Euch für die Rede und Widerrede, und es soll, so denke ich, danach nichts weiter sein.»

Die Pferde hatten ihn und den Reitknecht schnell davongetragen, der wunderliche Ort war im Rücken geblieben. Er hatte den Menz zum Schweigen verpflichtet. Der schwieg auch, es war ihm gleichgültig, welche Gespräche sein Gebieter führte, seitdem dieser ihn von den vertrauten märkischen Kiefergehölzen weggeführt hatte. Louis sprach zu niemanden über sein sonderbares Erlebnis. Den betreffenden Jagen des Waldes markierte er allerdings verstohlen auf seiner Karte.

DIE STIEFEL

Unter seinem verehrlichen Bürgermeister Eisenwinner hielt es der gute Stadtrat von Saalfeld für klug, der militärischen Gewalt, die deutsch redete, wenn auch etwas abweichend vom hiesigen Sprachgebrauch, Respekt zu bekunden. Er schickte daher eine Ergebenheitsadresse an den Prinzen und erbat seine und der Suite Teilnahme an einem Essen, dessen lukullisches Ausmaß die Honoratioren bewußt untertrieben.

Damit folgten sie einer Saalfelder Ratsweisheit, die indes nicht nur hier zu Hause war. Zum ersten nahm man den niederen Leuten, die ständig von der Hand in den Mund lebten, den Wind aus dem Segel. Gegen ein bloßes Frühstück für einen hohen militärischen Herrn, der dem König von Preußen nahestand, ließ sich nur schwer eifern. Zum zweiten brauchte man sich nicht zu schämen, wenn das nur als Imbiß bezeichnete Traktement den Herren Offizieren unversehens zeigte, wer man war in Saalfeld an der Saale.

Der Prinz erschien auch, wie es ausgemacht war im Ratskeller, der festlich hergerichtet war. Es fehlte an nichts, was Trank und Speise betraf, wobei jeder begriff, daß auch die Saalfelder so nicht ständig frühstücken konnten. Reden wurden gehalten, worin die Stadt, ihr Gewerbefleiß, ihr Handelssinn, ihr Kunstverständnis unter manchem Selbstlob zur Sprache kamen.

Der Prinz und Kommandeur der preußischen Vorhut bei Saalfeld sah den König, sich selbst, seine Herren, das Heer insgesamt mannigfach geehrt, so daß er sich gern mit einem Geschenk revanchiert hätte. Er wußte aber nicht, worin es bestehen könnte. Als er anfragte, wurde ihm die verständliche Antwort zuteil, er möge, der Prinz und Generalleutnant, alles in seinen Kräften stehende tun, damit man des Geschenkes einer unzerstörten, weiterhin blühenden Stadt teilhaftig werde.

Beifall lohnte diese Rede. Da das ratsherrliche Frühstück auch einmal zum Aufstehen zwischendurch nötigte, bemerkte der Prinz, daß einer der ältesten städtischen Herren nicht besonders gut zu Fuß war. Er erlaubte sich in der teilnehmendsten Weise die Anfrage, welchen Grund die Beschwernis habe, weil Leuten des militärischen Berufes immer leicht der Gedanke kommt, der Betreffende habe einmal im Dienste Schaden genommen.

Der alte Herr, der noch eine Färberei betrieb und auch an der bergmännischen Förderung von Kobalt verdiente, gab die Auskunft, es handle sich bei ihm um die unverdiente Strafe der Gicht, und obgleich die Stadt bestimmt über die vorzüglichsten Schuhmacher des ganzen Saalelandes verfüge, passe ihm keine dieser Produktionen. Der konsultierte Medicus habe Bäder verordnet, Kalmusgebrauch, Arnicatinktur, auch raschen Wechsel von heiß und kalt, aber die Stiefel, und er stapele jetzt schon das vierzehnte Paar aus unterschiedlicher Meisterhand, seien ihm nach wie vor unverträglich.

Der Prinz hörte mit Anstand zu, denn er dachte bei sich, er habe schon weitaus Dümmeres vernommen, und bot dem Geplagten an, ihm einen Meister zu schicken, der Seiner Majestät die Stiefel mache und auch ihn, «superbe» bediene. Ein Wort, welches die städtischen Herren der Bedeutung nach allerdings nicht verstanden.

Der Ratsherr hatte sämtliche Maßangaben im Gedächtnis, so daß die herbeigerufene Ordonnanz ohne Verzug notieren und das Nötige veranlassen konnte, aus Erfurt, wohin der Potsdamer Hoflieferant zu des Königs Bequemlichkeit mitgenommen worden war, trafen die Stiefel baldigst ein. Es waren Prachtexemplare ihrer Art, was das feine Material und dessen Verarbeitung betraf, allerdings angelegt auf Reiterbedarf, was der Prinz dem leidenden Ratsherrn auch avisiert hatte.

«Versuchen wir es!» hatte der mit neuer Hoffnung ausgerufen, und in diesem «wir» lag ein Stück Annäherung.

Als Louis dann einmal in militärischer Angelegenheit durch die Stadt ritt, kam er auf die Idee, sich von der Wirkung der unzweifelhaft vorzüglichen Stiefel selbst zu überzeugen. Der Ratsherr war zu Hause, und die Aufregung, namentlich unter den Frauen in dem schönen und reichen Bürgerhaus war unbeschreiblich, denn der Fabrikant badete seine Füße gerade wieder in Kalmus und Salbei. Die Potsdamer Stiefel lagen als das fünfzehnte Paar gestapelt unter dem Dach.

«Sie, mein Prinz!» rief der Ratsherr und versuchte aus der kupfernen Schüssel zu steigen, was der so plötzlich hereingeschneite Gast jedoch verhindern konnte.

«Nun, was ist mit den Stiefeln, ehrenwerter Mann, ich sehe, daß Sie wieder bei der Tinktur sind?»

«Vergebung, Hoheit, sie passen zwar, aber sie haben einen Nachteil.»

«Wie das, lieber Herr?»

«Sie knarren. Sie knarren, daß die Ohren schmerzen.»

Der Prinz entsann sich eines alten Kadetten- und Soldatenmittels gegen einen solchen Übelstand, wollte es aber im Beisein der Frauen nicht anbringen und sagte daher: «Nun, Knarren ist das Ärgste nicht, es passiert auch bei mir.»

Der Ratsherr sah dem Prinzen jetzt ohne Bedenklichkeit ins Gesicht. «Hoheit, Sie sind ein militärischer Herr von Rang, da mögen Sie knarren. Ja, vielleicht ist es gut, wenn Sie knarrend einherschreiten, es ist ein Zeichen und tut seine Wunder. Ich aber, mit Permission, bin ein Ratsherr und Fabrikante und dem ziemt es, ohne Lärm zu gehen.»

«Hm», hatte der Prinz sich geäußert, «ich vermag solcher zivilen Bedenklichkeit in puncto Ledergeräusch aber doch nicht recht zu folgen».

Der Ratsherr war keineswegs verlegen. «Euer Durchlaucht belieben sich zu erinnern, daß der hübsche Gott des Gewerbes, in Sonderheit der Kaufleute, Hermes ist. Und was trägt er? Die leichteste Sandale, die sich denken läßt! Die Flügelchen an seinen Fersen sind bloß metaphorisch gedacht.»

Der Prinz lachte. «Ei, Herr Ratsherr, gilt dieser Hermes nicht auch als Gott der Diebe? Und die müssen flugs gehn und leise treten?»

«Mit Verlaub, allergnädigster Prinz, wenn wir nun schon einmal im Allegorischen sind: den Mars kennt man allenthalben nur hochgestiefelt und daß er dabei knarrt, steht außer Zweifel. Er ist der Kriegsgott, er stiehlt nicht einfach nur so, er raubt und tut noch schlimmere Dinge.»

Die Züge des Prinzen erstarrten. Noch ehe ihm eine entsprechende Antwort einfiel, entspannte der Ratsherr die Situation mit dem Sätzchen: «Aber darüber sollten sich die Schuhmacher weiter den Kopf zerbrechen.»

Der Prinz berichtete die Sache später bei einem Umtrunk seiner Offiziere. Man lachte schallend. «Ich weiß nicht», schloß Louis seine kurze Erzählung, «ob nicht doch auch ein tieferer Malefiz-Gedanke in der sonderbaren Art des alten Kauzes gelegen hat. Nicht ganz undenkbar ist es, daß auch ein Mann von Handel und Gewerbe künftig in angemessener Weise in die Staatsgeschäfte einbezogen wird. Stein hat mir damit schon manches Mal in den Ohren gelegen, indes die Majestät noch taub bleibt».

«Erlauben Sie, mein Prinz», beeilte sich von Nostiz dazwischenzurufen. «Diese sogenannten besseren Bürger sind auch nur Kanaillen. Nun denke man noch den breiten Pöbel dazu, diese geschwärzten Pfotentiere unter Tage, Holzfäller, Handwerksburschen und immer so weiter. Man hat ja zu ihnen immer seine gehörige Distanz, aber ich fühle doch das böse Funkeln und Glosen in den Hungerleideraugen. Das Thüringische hier hat allenthalben auch die Bauernrotten gesehen anno fünfzehnhundertzwanzig. So etwas bleibt lange in der Luft hängen ...»

«Nun, nun», beschwichtigte Louis Nostiz' aufgebrachte Rede, «der Saalfelder Rat sah mir nicht danach aus, im Gegenteil, eher nach Krampfadern, baldigen Schlaganfällen und anderen Gebrechen.»

Der Kriegsrat von Wiesel, den Nostiz in Abwesenheit nur Stinkmarder nannte, pflichtete in diesem Falle Nostiz bei. «Diese Städte sind nicht die besten Aufenthaltsorte für Leute von Stand.»

«Immerhin residiert auch Seine Majestät zu Erfurt», wandte der Prinz ein.

«Erlauben Sie, verehrter Prinz, aber auch von dort hört man die seltsamsten Dinge. Der König bekommt den goldenen Pokal zum Willkommenstrunk gereicht, und er hat ihn noch nicht richtig geleert, da schließen sie ihn schon wieder ängstlich in die Lade ein. Dann diese Ansprachen der sogenannten Honoratioren. Ich sage Ihnen, diese Perückenköpfe mit ihren sorgsam gehüteten Röcken und Beinkleidern, dem ständigen Wechsel von Feigheit, Frechheit und Devotion in den feisten Gesichtern sind doch unerträglich. Ich äußerte es von Boyen gegenüber, und was glauben Sie, was er mich daraufhin fragte? ‹Meinen Sie wirklich, mein lieber Wiesel, daß dies das Volk ist?› »

«Wohl, wohl», schloß der Prinz und löste die Runde auf. «Wir haben einen Krieg zu machen, befassen wir uns erst einmal damit, meine Herren.»

DER RATSCHLAG

Der König ließ sich täglich über den Stand der Dinge unterrichten. Er hatte dabei gleich wissen lassen, welche Reihenfolge er wünsche. Als man ihm meldete, daß die Armee ihre Marschziele nur verzögert erreiche, winkte er ab: «Wir haben doch Zeit. Franzosen haben kurze Beine, die langen machen wir ihnen erst!» Und als die Berichte über Spione eingingen, verzog Seine Majestät nur den Mund: «Ekelhaft, sich damit das Gehirn zu speisen.» Dagegen war ihm das Treiben und Denken bei Saalfeld jederzeit wichtig, jedoch in einer besonderen Art, von der die Königin nichts wissen durfte. Man solle dem jungen Mann etwas zu tun geben, äußerte er zu Massenbach, und da dieser nicht sogleich verstand, wurde Seine Majestät deutlicher: «Ich meine den Prinzen, diesen Göttersohn, was macht er, was tut er?»

Massenbach konnte nur Günstiges berichten. «Das Korps des Prinzen ist in Schuß. Er kennt das Terrain und observiert den diabolus Bonaparte nicht ohne Fleiß.»

«Ich weiß, ich weiß, mein lieber Massenbach, aber er soll das Kriegsspiel nicht gar so ernst nehmen. Was meinen Sie, warum ich den auf der Heidecksburg animiere, mit allerhand Lustbarkeiten aufzuwarten?» Und da Massenbach nichts darauf zu antworten wußte, blies es ihm Seine Majestät mit schallendem Lachen ins Gesicht: «Damit das Prinzchen nicht zu heiß wird gegenüber diesem Bonaparte!»

Der so Belehrte machte ein Schafsgesicht, was den König noch mehr erfreute und ihn sogleich weiter reden hieß: «Jetzt wünschte ich mir doch ohne alle Scham eine hübsche Affäre für den Jungen, ein Weib, das ihn etwas müde macht und zahm. Erfährt's der Franzose, umso besser. Eine Vorhut», er kicherte, «eine Vorhut, die nicht gleich ein vorgestrecktes scharfes Messer ist, kann ihren Vorteil haben. Man zeigt, daß man auf der Hut ist, aber noch nicht hauen will.»

Da Massenbach noch immer aussah, als verstände er nichts

von derlei Erwägungen, stieß der König ihn leicht an und ermunterte ihn, etwas zu sagen. «Es geht mir im Moment zu hoch hinaus, Majestät, und ist wohl auch schon höhere Politik», antwortete Massenbach.

«Recht so!» stimmte der König ihm zu und entrollte ein Stück Papier. «Hören Sie, Massenbach, was der große Friedrich in seinem ersten Testament von anno zwoundfünfzig über eine gewisse Spezies von Prinzen schreibt. Es trifft akkurat auf den gerade zu Saalfeld Weilenden zu. Wenn er dort ein großes Victoria macht, so steigt's ihm gar in den schönen Kopf. Und wer könnte das wollen? Ich, die regierende Majestät nicht und Sie nicht, die Generalität! Aber hören Sie den Großen von damals: ‹Es gibt eine Art Zwitterwesen, die weder Herrscher noch Privatleute sind und die sich bisweilen sehr schwer regieren lassen, das sind die Prinzen von Geblüt. Ihre hohe Abstammung flößt ihnen einen gewissen Hochmut ein, den sie Adel nennen. Er macht ihnen den Gehorsam unerträglich und jede Unterwerfung verhaßt. Sind irgendwelche Intrigen, Kabalen oder Ränke zu befürchten, von ihnen können sie ausgehen. In Preußen haben sie weniger Macht als irgendwo sonst. Aber das beste Verfahren ihnen gegenüber besteht darin, daß man den ersten, der die Fahne der Unabhängigkeit erhebt, energisch in seine Schranken weist, alle mit der ihrer hohen Herkunft gebührenden Auszeichnung behandelt, sie mit allen äußeren Ehren überhäuft, von den Staatsgeschäften aber fernhält und ihnen nur bei genügender Sicherheit ein militärisches Kommando anvertraut, das heißt, wenn sie Talent und einen zuverlässigen Charakter besitzen . . .› Ich lasse hier weg, was Friedrich noch über die Prinzessinnen sagt.»

Massenbach hatte mit Andacht zugehört, und der Ausdruck seines Gesichts veränderte sich. «Ich habe verstanden, Majestät», sagte er und setzte nach einem mehrfachen Wiegen seines Kopfes hinzu: «Da ließe sich einiges tun, was die Lustbarkeiten betrifft.»

«Allzuviel ist auch wieder ungesund», beschwichtigte Seine

Majestät und flüsterte Massenbach ins Ohr: «Das braucht der Herzog nicht zu wissen, er hat nämlich so seine Affenliebe, was den Prinzen betrifft.»

Sie waren sichtlich im Einverständnis, Seine Majestät und Massenbach, der frisch ernannte Stabschef des Hohenloheschen Korps. Massenbach ging in sein Kabinett, setzte sich an den Schreibsekretär und begann mit Wonne zu kartieren. Das währte Stunden. Schließlich zog er einen Tintenstrich von Erfurt nach Saalfeld. Dazwischen setzte er wie ein Nest das Lager von Hochdorf, dessen Name ihm durchaus nicht gefiel. Er erinnerte an Hochkirch, wo der große König anno achtundfünfzig durch Feldmarschall Daun beinahe Kopf und Kragen verloren hätte. Massenbach verscheuchte die Grille, wurde er etwa gar abergläubisch? Daneben gab es ein Dörfchen Blankenhain, das hörte sich schon anders an. Nun zum Prinzen. Massenbach sah ihn in diesem Augenblick deutlich vor Augen. Dessen Vorhut bei Saalfeld gab ein Hufeisen ab, leicht gebogen gen Südwesten, doch seine wahre Stärke empfing es nur von der Hauptmacht unter Hohenlohes Befehl. Das Beste war, man marschierte jetzt eilig an den Prinzen heran, schluckte ihn hinein in den Leib des ganzen schimmernden Heerwurms, der sich noch immer durch die Täler wand. Endlich war der Sinn der Bewegung ja auch von Seiner Majestät genauer benannt worden: Offensiver Marsch mit Front gegen Bonaparte, der es wagte, das Heer des großen Friedrich dreist herauszufordern.

Franzosen! Noch ist es Zeit, ohne Kampf zu fliehen, euch zu retten, mag auch die kriegerische Ehre dann verloren sein! Rüchel war es, der gesagt hatte: «Napoleone haben wir im Überfluß: jeder unserer Korporale wird ihn das Fürchten lehren ...»

Das Entscheidende war jetzt nur, den König richtig zu verstehen. Kam es zum Schlagen, so tat ein Sieg not, der Louis Ferdinand nicht noch mehr in den Himmel hob. Die ideale Lösung wäre, wenn der Prinz Napoleons möglichen Ansturm schwächte und dabei selbst einen gelinden Nasenstüber empfing. Denn wirklich groß und strahlend zu siegen, kam nur dem König zu und seinen Generalen. Ein Prinz, der heute siegt, ist morgen ein Rebell am Hofe. Nichts anderes hatte Seine Majestät doch eben angedeutet. Denn wenn so etwas geschah, wie würde der Prinz dann seinen Massenbach behandeln? Die prinzliche Jugend war heutzutage voller neuer Moden, zeigte sich spöttisch und ungebärdig. Hatte er, Massenbach, nicht eine ähnliche Natur in seinen jungen Jahren kennengelernt, einen Friedrich Schiller mit Namen, der im Vorjahr gestorben war, denn alles sogenannte Genie verwüstet sich früh. Was hatte der verfaßt? Ein Stück: «Die Räuber». Man denke, «Die Räuber!»

Nun, nun, er war abgeschweift, Massenbach besah seine Skizze und lächelte zufrieden. War nicht alles wieder bloß Geometrie plus ein bißchen Intrige? Vielleicht, nein ganz gewiß, hatte einzig er allein Seine Majestät vollkommen verstanden. Jedenfalls besser als der Herzog, als Hohenlohe, Rüchel, Kalckreuth. Kam es zum Zusammenstoß mit Bonapartes drohendem Heer, mußte dem Prinzen nicht zu früh und nicht zu spät ein Hohenlohescher Bescheid zugehen, der halb Befehl, halb Ratschlag, halb Ansporn und halb Bremsklotz war, das Ganze aber offen ließ für den würfelnden Mars, den Gott des Krieges. Der Alte spürte, wie es ihn nach oben zog. Wollte es das Schicksal, daß er dem Jungen noch einmal die Hosen straffzog?

DIE HEIDECKSBURG

Über dem Dächergewirr der thüringischen Rudolstadt erhebt sich Schloß Heidecksburg, die Residenz der Fürsten von Schwarzburg-Rudolstadt. Dem Auge erscheint der Bau durch seine Höhe und Langfront zuerst zu ausladend, ja übermächtig. Dann aber, beim längeren Aufschauen und endlich beim Aufsteigen zu dem tunnelähnlichen Tor, das im Schloßhof mündet, nimmt man ihn an und wird seiner imposanten Schönheit gewahr.

Als die Fundamente gelegt wurden, hatte der spätere kriegerische Erwerber Schlesiens, der Verursacher langjähriger Kriege im Herzen Europas, Friedrich II., noch drei Jahre bis zu seiner Thronbesteigung 1740 zu warten. Den Glanz ihrer fürstlichen Welt erlebten zu dieser Zeit auch die Eltern des Prinzen Louis Ferdinand: August Ferdinand Louis von Preußen und Anna Elisabeth Luise, vor ihrer Verehelichung Markgräfin von Brandenburg aus dem Hause Schwedt. Beide überlebten sie um Jahre Louis' Tod, der «amtliche» Vater in geistiger Lethargie, die Mutter in schweigender Ergebenheit, was ihr Los schon immer gewesen war. Der Sohn hatte ihnen nur distanzierte Achtung entgegengebracht, mehr nicht. Die Lebenssphären verliefen getrennt. Louis Ferdinand schien in allem ein anderer zu sein.

In jenen Tagen, da Schloß Heidecksburg einen immer herbstlicheren Rahmen erhielt, und aus den hohen Fenstern die über die Stoppeln langsam heimwärts ziehenden Schafherden zu sehen waren, befand sich Louis nicht das erstemal in dem eher burgähnlichen Bau. Er kannte den Sitz der Schwarzburger schon von seinen vorangegangenen kriegerischen Reisen an den Rhein. Jetzt, nach so vielen Jahren, schien es immer noch der alte Feind zu sein. Nur – aus dem Leutnant Bonaparte war der Kaiser Napoleon geworden, der aus Leuten einfachster Herkünfte und Berufe Offiziere, ja Generäle machte, die gestandene Fürstenmilitärs in arge Verwirrung zu bringen wußten.

Was den Fürsten hier betraf, so vertraute dieser in jeder Lebenslage auf seine vortrefflichen Weine. Ein Teil des köstlichen Kellerlagers war deutsch-rheinischer Provenienz. In den Jahrgängen firmierten sie weit zurück, es gab etliche Flaschen, die noch vor der Grundsteinlegung des Baues versiegelt worden waren. Es fehlte nicht an den herrlichen Weinen aus Frankreichs besten Rebenprovinzen, und es fehlten auch nicht die unvergleichlichen Weine der Ungarn mit dem Tokajer als Perle in der Krone. Auch schwere Weine aus Italien, Spanien, Portugal mit ihrer berauschenden Vollsüße harrten des Trinkens. Sie wurden jedoch schon seltener ans Licht geholt, und wenn, dann waren es meist hohe Damen, die sich ihrer in kennerischen Schlückchen annahmen.

So hätte hier alles zusammenfließen können, was die feudalen Jahrhunderte immer wieder hervorgebracht hatten: Säbelgerassel und ausgelassene Jagden, festliche Gelage und der Genuß der Künste. Das Schloß barg unerschöpfliche Möglichkeiten für Belustigung und Erbauung, seine hohen Säle und intimen Räume glichen wahren Götterhimmeln, wo man auf Schritt und Tritt Werken bedeutender Meister begegnete.

Im Oktober des Jahres 1806 herrschte jener erhitzte Luftstau, der Kriegsgewittern vorausgeht. Und dies konnte nicht ohne Folgen sein für die Art des Umgangs mit all den schönen Dingen, die dem Vergnügen dienten. Von der Höhe des Schlosses waren beunruhigende Anzeichen, was die Franzosen betraf, allerdings noch nicht wahrzunehmen. Das einzige, was sich vorwärts bewegte, waren immer noch die Schafherden. Hinzu kamen die üblichen Geschäftigkeiten, die Heeresmassen auch dann immer noch hervorrufen, wenn das allgemeine Gros bereits seine Dislozierung gefunden hat. Da ist das Kurierwesen zu bedienen, es sind Postierungen abzulösen, Besichtigungen auszuführen, allerhand Transporte zu bewerkstelligen ...

Nichts extrem Beunruhigendes also, und dennoch trugen die Geselligkeiten da oben jetzt den Stempel unruhiger gewordener Zeiten. Die Lustbarkeiten steigerten sich zuweilen bis zur Orgie, und auch Louis verschmähte die Gaben des Bacchus nicht. Trotzdem genoß er im Unterschied zu anderen hohen Herren des kriegerischen Standes auch die ästhetischen Dinge des Hauses. Er nahm sich öfter ein paar Minuten Zeit, um die allegorische Sprache der Deckenbemalung im großen Festsaal zu lesen, eine Marmorbüste prüfend in Augenschein zu nehmen, ja sich sogar selbst an ein kostbares Instrument zu setzen und Domenico Scarlatti und schließlich auch Eigenkomponiertes anzutönen.

Gerade letzteres mußte gleichsam abgestohlen werden, und zwar nicht so sehr der eigenen knapp bemessenen Zeit, sondern dem Umstand, daß die allgemeine Unruhe solcher Muse wenig hold war. Kaum hatte er das Instrument mit seinen Händen, seinem Atem berührt, wurde er gerufen und aus der ersten Hingabe herausgerissen. Manchmal bat man ihn sogar vorzuspielen, und man konnte nicht zweifeln, daß solche Wünsche zunächst echt waren. Sobald er jedoch Ernst machte mit einer Komposition und nicht bloß präludierte oder der raschen Inspiration folgte, spürte er, wie es sich hinter ihm fortstahl und leer wurde. Das wäre ihm gleichgültig gewesen, wenn er nicht auch den geheimen Spott mitgespürt hätte.

Und dennoch gab es kurze, beglückende Stunden in den kerzenschimmernden Räumen. Einmal saß er wieder am Flügel, hatte den Kopf wie zur Ruhe auf das Instrument gelegt, als er hinter sich Bewegung wahrnahm. Er raffte sich auf, um sich zu vergewissern. Da verneigte sich bereits ein Mann vor ihm, kurz und militärisch: «Von Boyen – in Angelegenheit des Oberkriegskollegiums.»

Er gehörte diesem nicht an, leistete aber Verbindungsdienste zwischen den Corps und der militärischen Behörde und war selbst Soldat, Offizier. Der Prinz kannte ihn von den Garnisonen, hatte aber vorher kaum einmal mit ihm gesprochen. Von Boyen wartete nach der Nennung seines Namens und Dienstes, bis der Generalleutnant, der wieder nur einen legeren Anzug trug, ihn fragte, was sein Begehren sei.

Von Boyen antwortete sogleich. Er müsse mit einer Entschuldigung beginnen. Die Obliegenheiten hätten ihn zum erstenmal in dieses Schloß geführt. Er wolle über Weimar nach Erfurt zurück, habe es sich aber gestattet, einen Blick in die Räume hier zu werfen. Die Störung, die er soeben verursacht habe, bitte er allergnädigst zu entschuldigen.

«Sparen Sie sich jegliche Entschuldigung, Herr Stabskapitän», rief der Prinz ermunternd seinem Besucher zu. «Sie tun gut daran, sich hier umzuschauen, und es ist nur schade, daß Ihnen die Zeit fehlt.»

Der Offizier war angenehm überrascht und errötete leicht. Sie vermuteten gleichzeitig, daß sie etwa eines Alters sein könnten.

«Wie steht es in Erfurt bei Seiner Majestät?» fragte Louis und gab sich Mühe, den Unterschied des Ranges zu mildern.

«Man sagt, daß Seine Majestät wohlauf und zuversichtlich sind. Man leistet das Befohlene.»

In dieser Antwort war die ganze Denkweise des wackeren, klugen Mannes enthalten, der noch zum Generalfeldmarschall und Kriegsminister aufsteigen sollte. Gehaßt und verfolgt von jenen, die keinerlei Veränderungen wünschten.

Die Majestät war also wohlauf und zuversichtlich. Und man leistete das Befohlene. Die Frage war aber doch, ob es hinlänglichen Grund für solche Zuversicht gab, oder ob nur die Hoffnung bestand, es werde schon alles gut gehen? Ferner — man leistete das Befohlene. Nun, in welcher Qualität leistete man es, und worin bestand das Befohlene?

Der Generalleutnant, wie er am Instrumente saß, war jetzt vollends wach geworden. Er spürte wohl das trockene Knistern in Boyens ordentlicher, schlichter Antwort, aber er sah nicht durch die Worte hindurch, jedenfalls nicht bis zu dem Punkt, der so wichtig war, weil alles davon abhing: dieses Überschätzen der eigenen Maschinerie, diese Überhebung und die Unterschätzung der anderen Seite, die stellvertretend für das Ganze Napoleon hieß.

Hätte von Boyen jetzt gekonnt oder gedurft, er hätte dem Generalleutnant etwa dies zu sagen gehabt: ‹Euer Exzellenz, Herr Generalleutnant, mit Ihrer gütigsten Erlaubnis, man soll nicht glauben, daß der Gegner seine Karten nach unserer Spielart mischt. Er mischt sie anders, denn er i s t anders. Und zwar aufgrund der Beschaffenheit seiner Soldaten, die in der Regel, ich betone in der Regel, doch so etwas wie freie Menschen sind. Jedenfalls unvergleichlich freier als die unsrigen einfachen Grenadiere, Kanoniere, Kavalleristen. Das hat Folgen. Schon für die Aushebung, Mobilmachung, für den Aufmarsch, das Lagern, schließlich für den Kampf, an dem ein Staat und seine Armee unnachsichtlich gemessen werden.›

Aber das wurde nicht gesagt. Stattdessen stand der Prinz auf, faßte von Boyen sanft am Ärmel und zog ihn in den großen Festsaal, der sich zu einer Höhe von zwölf Metern emporschwang. Louis begann vor seinem Gast die verschiedenen Deutungen und Allegorien zu entwickeln. Von Boyen stand, wie man so sagt auf heißen Kohlen, aber er unterdrückte das störende Gefühl und gab sich der Faszination der Räumlichkeiten hin.

Sie waren ein Stück weiter geschritten. Der Generalleutnant streckte den Arm aus. «Sehen Sie da, mein Lieber! Ich empfinde jene Säule als eine hübsche Sinnausdeutung für die menschlichen Tugenden der Festigkeit. Und für das Maßhalten, respektive die Mäßigung, hat man das Gefäß oder das Glas als Maß genommen.»

Von Boyen sah das alles, verstand es und freute sich, daß ihm trotz höchster Eile diese nie wiederkehrenden Momente beschert wurden. Als er sich vom Prinzen verabschiedete, trennten sich beide Männer in der Art guter Freunde.

Auch am 7. Oktober zeigte sich, blickte man aus den Fenstern der Heidecksburg, und wäre man selbst auf die höchste Fichte der Umgebung gestiegen, nichts extrem Beunruhigendes. Die Schafherden zogen noch immer herum, umkreist von wachsamen Hunden und langsam geführt von ihren Hirten. Früh machte sich Oktobernebel bemerkbar, durch den das buntgefärbte Laub sanft und lautlos zur Erde segelte. Am Abend kam man noch einmal auf Einladung des Fürsten Schwarzburg-Rudolstadt zu einer Art Hofball zusammen. Die Tage waren langsam kälter geworden und mit ihnen die Säle, aber die Erfahrung hatte längst gelehrt, daß es keine bessere Erwärmung gab, als eine große Gesellschaft mit ihrer schwer zu stillenden Lust an Tänzen, Musik, Wein und Konversation. Die Majestäten, welche eigens aus Erfurt herüber gekommen waren, zeigten sich gelöst, erfreut, zuversichtlich, wie Boyen es in der Lesart des Hauptquartiers kurz mitgeteilt hatte.

Die gleiche, nicht extrem beunruhigende Lage hielt auch am 9. Oktober an. Die Vorposten des Tauentzienschen Korps wechselten schon Schüsse mit streifenden, spähenden Franzosen, doch ergab sich kein Gefecht. Der Prinz warf den Satz hin: «Mit dem Angreifen werde ich ihnen zuvorkommen.» Wann er es tun wollte, sagte er nicht. Es klang eher wie ein Versprechen kriegerischer Ehre, nicht als Entschluß der Stunde.

Und abermals traf man zusammen, allerdings war der Kreis nun kleiner gezogen, und der Generalleutnant war auch froh darüber, denn er sagte die Wahrheit, wenn er seinem Adjutanten von Nostiz gestand: «Gott weiß, ich bin endlos müde. Es ist wohl doch zu viel gewesen, das alles hier.»

Nostiz hatte es gewagt, seinen Vorgesetzten angesichts solcher Worte kurz prüfend anzusehen, und er erschrak über dessen äußerliche Verfassung. Die stark umschatteten Augen hatten allen Glanz verloren, die Gesichtsfarbe des Prinzen zeigte sich kreidig, und schließlich sah Nostiz, daß dem hohen Gegenüber augenscheinlich leicht die Hände zitterten, was der Betreffende mit Anspannung zu verbergen suchte. Daher erlaubte sich der Adjutant den wohlgesetzten Ratschlag, der Generalleutnant möge sich doch gütigst etwas récréation, Erholung also, gewähren, denn eine gewisse Reserve möchte ihm dann doppelt zugutekommen.

Der Prinz hatte ihn dafür dankbar angesehen, aber sogleich geäußert: «Heute abend will ich noch eine kleinere Gesellschaft haben, und ich gedenke auch, ein bißchen vorzuspielen. Das lieber Nostiz, rechnen wir als récréation, wie Sie so hübsch sagen, obwohl das Französische itzo seine Bedenklichkeit hat.»

Das war nicht der Generalleutnant, der Kommandierende der Vorhut an der Saale, das war wieder – Nostiz wußte nicht ob er lachen oder weinen sollte – der Genieprinz. Es würde wieder Nacht werden. Nostiz selbst hatte einen Melderitt auszuführen, der ihm erst nach Mitternacht die Rückkehr auf die Heidecksburg gestattete. Der Generalleutnant wußte es, und Nostiz hatte den leisen Verdacht, daß das mit Absicht so geschehen war, aber Befehl war Befehl!

Louis spielte. Er spielte wie er in der letzten Zeit, eigentlich schon seit den letzten Jahren in Potsdam und Berlin nicht mehr gespielt hatte. Er war ganz wach und träumte zugleich, manchmal griff er nach dem Champagnerglas und leerte es in einem Zug. Andere Weine wies er zurück. Sie schmeckten ihm fad. Sonst nahm er nichts zu sich. Sein Körpergewicht war noch weiter dahingeschwunden. Die Figur war gut, vorbildlich für sein Alter und seine Stellung, aber seinem Schritt fehlte jetzt jener gewisse Nachdruck, der für einen Soldaten und Offizier nicht ganz ohne Wert ist.

Bevor er in den geselligen Kreis gekommen war, hatte er abermals eine Reihe von Meldungen der aufgestellten Vorposten und der reitenden Patrouillen durchgesehen und nichts gefunden, was auf eine jähe Veränderung der Lage deutete. Allerdings schien der Aufmarsch der Franzosen mit sich rasch verkürzender Distanz zur Position Saalfeld abgeschlossen zu sein. Er hatte Weisung gegeben, auf der Hut zu sein.

Die Uhren zeigten Mitternacht an. Eine spärlicher gewordene Runde umgab das Klavier, teils war man im gedämpften Gespräch. Da brach das Spiel jäh ab. Louis warf den Deckel des Instruments auf ungewohnte Weise zu, so daß es schmerzhaft schallte und das Klavier einen Klagelaut von sich zu geben schien. Der Prinz wankte hinaus.

Jemand rief: «Holt den Adjutanten! Nostiz!»

«Der ist noch unterwegs», wurde geantwortet.

Louis sah sich in einem Spiegel.

Was war das neben ihm oder hinter ihm oder vor ihm? Seine Hände suchten nach einem Halt. Er dachte, er hätte die geschwungene Lehne eines der hohen Sessel gefunden, aber er fühlte, daß es eine Hand war, und er hörte den fragenden Ruf: «Prinz! Um Gottes Willen, was ist Ihnen? Brauchen Sie Hilfe?»

Louis schaute in das angstvoll fragende Gesicht. Er kannte es, hatte es zuvor immer hier gesehen. Der Champagner! Er hatte zu viel davon genommen. Und der Schlaf, er hatte zu wenig davon genommen. Doch davon wurde man nicht gleich verrückt? Er hatte sie gesehen, einen Lidschlag lang, in dem großen Spiegel aus venezianischem Glas: Die weiße Frau, jene Orlamünder Gräfin, die den Hohenzollern immer das nahende Unheil kündete.

Er ließ alles hinter sich und suchte sein Nachtlager in dem alkovenartigen Zimmer auf. Die Verwirrung schien von ihm abgestreift. Er überdachte, was für den morgigen Tag zu erwarten und anzuordnen war. Da fiel ihm der Schaden am Sattelzeug ein. Er gab Anweisung, zu dem Reitknecht zu schicken, damit dieser es noch auswechsle. Menz war jedoch in seinem Quartier nicht zu finden. Sicherlich hatte er sich gevöllt, am Morgen würde er schon zur Stelle sein.

Keiner hätte sich wohl vorstellen können, daß der Mann seinen Dienst nicht wieder antreten und der Generalleutnant seiner auch nie wieder bedürfen würde.

SCHLUSSAKKORD

Da der Reitknecht Menz auch am nächsten Morgen nicht aufzufinden war, es aber nicht anging, daß dem Generalleutnant der notwendige Dienst versagt blieb, wandte sich der ohnehin stark überforderte Stallmeister Posert an den Hauptmann von Goltz und ersuchte ihn dringend, einen Ersatz zu schicken. Jener kommandierte eine kleine Abteilung von Leuten, die für unverhofft auftretende Schwierigkeiten bereit gehalten wurden, wofür die Heeressprache erst viel später die drei prägnanten Buchstaben zbV, «zur besonderen Verwendung» fand. Die blitzschnelle Wahl traf einen Korporal, der sich mit Pferden auskannte und notfalls sogar eine Kutsche sicher zu lenken verstand. Zwei Talente, die nicht immer zusammentrafen.

Als der Generalleutnant sein Roß besteigen wollte – er gedachte an diesem Tag die Tiere zu wechseln –, hielt der Korporal bereits in einwandfreier Positur und Montierung die Zügel und half dem Kommandierenden der Vorhut, der es nicht wehrte, mit der unauffälligsten Hilfestellung in den Sattel.

Im ersten Augenblick hatte der Prinz die andere Gestalt an der Vorderflanke des Rappen nicht wahrgenommen. Es konnte seine eigene Müdigkeit sein oder das trübe Licht auf dem Schloßhof. Erst als er vom Pferderücken aus unversehens einen Blick nach unten warf, sah er jemanden, dem er, zum Teufel auch, schon irgendwo einmal begegnet war.

Sein Gehirn streifte blitzschnell über alle Gesichter, die es je aufgenommen hatte. Und dann durchfuhr es ihn: Der ihm jetzt den Bügel bereitet hatte, schien kein anderer zu sein als der Kutscher jener in so weiter Ferne liegenden Landpartie mit Henriette. Später war er ihm in der Schänke untergekommen. Louis gab dem Pferd die Sporen.

Zu hastig, mein Prinz ...

Das Tier stieg ein Stückchen hoch, wieherte laut gegen seine sonstige Gewohnheit und raste durch das an ein dunkles Verlies erinnernde Hallentor der Burg. Erst draußen wurde es wieder ruhiger.

Der Generalleutnant saß fest und gut im Sattel. Eine Ordonnanz ritt an ihn heran. Sie meldete, daß die Franzosen auf Saalfeld zurückten. Der Prinz straffte sich und erteilte einen sogenannten Sattelbefehl, das heißt, er gab ohne weiteres Erwägen, beinahe intuitiv wie am Klavier, seiner Garde den Befehl, den Franzosen den Weg zu verlegen und sie – mit Gott – zu schlagen. Die Garde war nicht so hoch an Zahl, wie sie ihm versprochen worden war. Er hatte seit Tagen den Verdacht, daß man im Hauptquartier Löcher in sie bohrte, sie tropfte sozusagen dauernd ab durch Kommandierungen, Verlegungen, Rekonvaleszenzen ...

Der Generalleutnant ritt. Er sah, wie die Stabsbegleitung sich auf die Tiere schwang, langsam herantrabte. Die Körperhaltung, die Gesichter waren ihm vertraut: von Nostiz, von Möllendorff, von Kleist, dann Posert. Der Prinz verbiß sich ein Lachen: Dussek, der Kapellmeister, hatte mit aufs Pferd gewollt, den Franzosen entgegen. Und der Chirurgus bat darum, mit seinem Klapperkasten voller Pinzetten, Messerchen, Fläschchen und Schlangen von Binden mitgenommen zu werden.

Nur keine Eile, meine Herren! Wie hatte der Alte von Sanssouci doch gleich gesagt?: «La vie est un passage rapide de notre naissance á notre mort.»*) Und auch das noch: «Die Kunst, seine Gedanken zu verbergen, oder die Verstellungskunst ist für jeden, der große Geschäfte zu leiten hat, unentbehrlich. Die ganze Armee liest aus der Miene des Heerführers, wie seine Sache steht ... Darum muß der Heerführer wie ein Schauspieler mimen und die Rolle spielen, die die Situation verlangt. Trifft eine schlimme Nachricht ein, so läßt er sich nichts anmerken und prahlt mit der Zahl und Größe seiner Hilfsmittel. Er verachtet den Feind öffentlich und respektiert ihn im Geheimen.»

Der Prinz ritt an der Spitze der Kavalkade und unversehens kam ihm ein Gedanke, vor dem er sich schämte. Er dachte an den Tod, der immer möglich ist. Vor allem jetzt war er möglich. Louis prüfte sich scharf, aber er empfand weder Angst, Beklemmung oder sonst etwas. Er hatte keine Angst vor dem Tod.

Nur vor einem schlechten Tod. Ein schlechter Tod, das war ein schlichter, gewöhnlicher, gemeiner Tod, wie ihn jeder Pferdeknecht, jedes alte Weib haben konnte. Und was war ein guter Tod? Vielleicht ein solcher, bei dem mitten im Schlachtengetümmel einfach der übermäßig angespannte Zügel des Lebens

*) «Das Leben ist eine rasche Reise zwischen unserer Geburt und unserem Tod.»

riß. Unerwartet und für immer. Louis verscheuchte das Gespinst solcher Gedanken aus dem Kopf, der jetzt klar sein mußte für diesen Tag. Es war genau die zehnte Stunde des zehnten Oktober achtzehnhundertsechs. Ein Freitag.

Die Sonne durchbrach zögernd die Nebelhülle über Stadt, Fluß, Hügel und Wald. Der Reitertrupp mit dem Prinzen hielt in Saalfeld vor dem Hause des Kaufmanns Lairitz. Man brachte auf das Ersuchen der Hoheit Champagner und einen Imbiß heraus. Sie blieben dabei im Sattel. Der Oberst von Rabenau sprengte dennoch heran, die Störung war dienstlich und somit geboten. Er meldete weiteres Vorrücken französischer Kavallerie, Pariser roter Husaren, von Garnsdorf her auf die Stadt. Aber Rabenau trug auch die Botschaft des Hohenloheschen Hauptquartiers an Louis Ferdinand Prinz von Preußen: «... sich verteidigend in guter Ordnung zurückzuziehen.»

Der Prinz verzog das Gesicht dabei, winkte nach einem weiteren Glas des perlenden Getränks, warf den geschliffenen leeren Kelch dann aber nicht splitternd auf das Pflaster, sondern reichte ihn fast sorgsam zurück, bedankte sich und befahl, den schon aus dem Wittmannsgereuther Tal hevorschwärmenden Plänklern der Franzosen entgegenzureiten.

Der Prinz federte im Sattel, den Zügel hielt er locker, das Tier gehorchte dem sanftesten Druck seiner Schenkel. Vor seinen Augen erschien die schwarze Tintenschrift dieses Wischs, von dem man nicht wußte, was er bedeuten sollte: ein Ratschlag zum eigenen Ermessen, oder ein Befehl ohne alles Für und Wider? «Sich verteidigend in guter Ordnung zurückziehen.»

War das Hohn oder Warnung aus Erfurt, wo der dickliche König saß und jetzt nach dem eigenen Ruhm schnappte wie der Karpfen nach der Fliege.

Louis begann den Satz zu zerlegen. Verteidigen. Was hieß dies akkurat im höheren Entschluß Hohenlohes? Das Nächste: In guter Ordnung. Der Prinz lachte leicht gequält auf. Eine Anweisung für Kurrendesänger! Und: Zurückziehen. Bis wohin?

Und was war dort? Eine Schande, ihm in diesem Augenblick mit einem solchen Schwachsinn zu kommen.

Louis verbannte all diese Überlegungen aus dem Hirn. Er und sein Pferd, das war jetzt der jagende Punkt, auf den alles schaute und vertraute. «Nur Mut!» rief er, «meine Herren, wir fechten für die Ehre!»

Alles sah gut aus an dem Dahinjagen von Mensch und Tier. Und auch in seinem Inneren sah es gut aus. Kein Ärger mehr, kein Zorn. Er glaubte jetzt vier Augen zu haben oder sechs oder zwölf, so viele Bilder glitten vorbei, nahe und deutlich. Nur seltsam war, daß er nicht auch um so vieles mehr hörte. Zu Bornim auf dem Felde dröhnte die Musik, hier gab es sie nicht, nur die Pferdehufe dröhnten auf dem herbstlichen Boden, und die Klingen vollführten ihr helles Geklirr. Dazwischen die dumpfen Paukenschläge französischer Rohre ...

Bald wirkte sich der eiserne Wille Marschall Soults aus, seinem Kaiser den ersten Sieg zu melden auch über Preußens Adler. Den Weg nach Schwarza säumten Gerät und Wagen, Kanonen, Blessierte und Tote zu Haufen. Kein Hindernis mehr die Saale, keine Barriere mehr Wälder und Hügel. Das Rinnsal am Morgen kann rasch zum reißenden Strom am Mittag anschwellen ...

Dort bei dem Garten des Landwirts Bock zu Wöhlsdorf, nahe der Saale, bilden zwei Kompanien vom Regiment Kurfürst von Sachsen ihr todgeweihtes Karree. Sie schießen nicht schlecht. Die Franzosen fluchen und weichen zurück, doch nicht lange, nicht alle. Louis sitzt auf Slop, erhitzt, doch nicht erschöpft. Aus dem Sattel fliegt sein Befehl an Trützschler, Generalmajor der Sachsen: Den Feind werfen, es koste, was es wolle! Die schattende Linde rauscht auf, einem Mantel im Sturme gleich. Ein Blatt streift segelnd erst die Stirn, dann die Wange des Prinzen. Und neu und stärker bricht es fechtend, französischen Lauts hervor ...

Da knirscht die Linde. Sie verwandelt sich in ein grünes, rotes und blaues Rad, das sich wie rasend zu drehen beginnt. Wo

Da stürzt das Tier mitsamt seinem Herrn.

ist man? Ist das noch ein Bauerngarten mit Kohl und herbstlichen Blumen, feurigen Astern und festlichen Dahlien, — oder ein spät blühendes, glühendes Beet von Sanssouci? Jäh verlangen die Sporen den Sprung, und abermals den Sprung. Der Degen blitzt in später Sonne. Das Schlängeln einer Wurzel, einem Lasso gleich. Da stürzt das Tier mitsamt seinem Herrn. Er sieht die Franzosen, ihre geröteten Gesichter, ihre Säbel. Strömen sie nur in Scharen aus dem Hohlweg dort, oder reiten sie jetzt selbst auch aus dem Wipfel der Linde heraus, aus der es endlos Blätter schneit, rote, brennend heiße Blätter, die Tropfen gleichen Menschenblut.

Es gab dann jenen Augenblick der tausend Fragen, Nachfragen, Antworten, falschen Antworten. Richtiges, Falsches, Wahres, Gelogenes triumphierte in einem wüsten Reigen.

Die Wahrheit war, daß Jean-Baptiste Guindey, Sergeantmajor vom dritten Regiment der Chasseurs à cheval in der Armee Seiner Majestät des Kaisers der Franzosen, den Prinzen getötet hatte. In einem Brief an die Seinen gab er es für die Geschichte zu Protokoll: «Freut Euch, viellieber Vater und vielliebe Mutter über mein Glück; denkt, daß ich in der Schlacht von Saalfeld den Prinzen Louis Ferdinand, den Bruder*) des Königs von Preußen inmitten seiner Armee getötet habe, nachdem ich den Gefahren Trotz geboten hatte, denen vielleicht unter 5 000 Mann nicht einer entgangen ist. Ich habe wieder zwei Verwundungen gehabt, die wieder geheilt sind. Ich soll Offizier und Mitglied der Ehrenlegion werden, der Kaiser hat es mir selbst gesagt . . . Man nennt mich im Regiment nicht mehr anders als das liebe Kind des Sieges.»

Es erschrak — die Nachricht wurde unterdrückt, lief aber gerade deshalb wie das Feuer über ein trockenes Stoppelfeld — es erschrak das zwischen Saale und Elbe noch immer nicht vollkommen schlagfertig aufgestellte Heer.

*) Guindey irrte sich: es handelte sich um den Cousin.

Aber auch das Volk erschrak, diese amorphe Masse aus Bauern, Löhnern, Handwerkern, Kopfarbeitern, Kaufleuten, Manufakturisten und Bürokraten. Erschrecken und Schmerz waren hier aber anders, es war eher das Ahnen von etwas über diesen individuellen Tod weit Hinausgreifendes, worin sich eine kolossale Änderung ankündigte, ein ebenso gefürchteter wie insgeheim ersehnter Umsturz aller Dinge, der jenseits des Rheins schon seit langem begonnen hatte.

Napoleon ging die Nachricht vom Tode des Prinzen Louis Ferdinand von Preußen unverzüglich zu. Er war geneigt, sein Bedauern auszudrücken, aber möglicherweise ließ er Berthier gegenüber den frivolen Satz fallen: «Ich mache gern Prinzen, aber ich töte sie ungern.»

LUISE

Die Königin in Erfurt sank auf einen Sessel beim Erhalt der schlimmen Nachricht und bedeckte die Augen mit ihren Händen. Seine Majestät wagte es nicht, sie auch nur anzurühren. Lange Zeit fiel kein Wort zwischen ihnen. Dann fragte sie mit einer dunkleren Stimme als sonst, ob der Oberst Scharnhorst rufbar sei.

Der König gab Weisung. Erst dann fragte er, was sie von dem Oberst begehre, der gewiß eben seine dringlichen Geschäfte habe.

«Daß er mir sage, was das zu bedeuten hat», antwortete sie und betonte mit Heftigkeit das Wörtchen «mir».

In das Chaos seiner eigenen Ängste und Hoffnungen, in dieses Suchen nach einem feststehenden Punkt, drang nun noch eine neue Wahrnehmung in Hirn und Herz des Königs: Luises Antlitz, das sich auf geheimnisvolle Weise verklärt hatte. Es war die Gefaßtheit und Sammlung einer trauernden Frauengestalt, wie sie nur der unvergleichliche Michelangelo hatte erschaffen können. Zum ersten Mal empfand er eine Überlegenheit Luises, die er selbst noch nicht zu deuten wußte. Sie machte sein Gehen plötzlich unbeholfen, sein Sprechen ungelenk, plump, was er unter aufsteigendem Zorn verspürte. Wer denn war nach göttlichem Ratschluß der König? Was konnte Oberst Scharnhorst schon über die Bedeutung eines kriegerischen Mißgeschicks sagen, welches Louis das Leben gekostet hatte? Weil er über das Ziel hinausgeschossen wie immer, dieser Junge ...

«Du solltest etwas zu dir nehmen», sprach der König die noch immer regungslos dasitzende Gattin an und hatte schon die Hand nach dem silbernen Glöckchen ausgestreckt.

Sie schüttelte leicht den Kopf. Es war eine menschliche Geste, die ihn beruhigte, weil sie nicht länger an das unbewegliche Marmorbild des Italieners erinnerte, an die Pieta, jene Trauernde mit dem Dahingesunkenen auf dem Schoß.

Der König faßte den Entschluß, Scharnhorst, falls er käme, nicht hier in diesem Raum und nicht im Beisein Luises anzuhören. Ein König reißt nicht vor einem Oberst aus, das war klar, aber ein König erwägt auch die Art, w i e er eine Auskunft zur Kenntnis nimmt. Es kann gedämpft geschehen durch die angelehnte Tür des Nebenraums, und die Distanz tut dann allen Seiten wohl. Er ging hinaus, verließ Luise und verblieb doch in ihrer körperlichen Nähe.

Daß es in dem Gelaß kalt war, kam seinem Drang entgegen, rasch hin- und herzugehen, aber er nahm sogleich Platz, als er die Meldung des Lakaien vernahm, der Oberst Scharnhorst sei eingetroffen.

Scharnhorst mußte auch sogleich vor Luises Augen erschienen sein, obwohl noch alles still blieb. War sie wieder zu Marmor erstarrt? Dann vernahm der König ein Räuspern und schließlich Luises Stimme: «Herr Oberst, ich danke Ihnen für Ihr Kommen. Sie wissen um das fürchterliche Unglück. Können Sie mir wohl auch Näheres sagen, und was es zu bedeuten hat, ich meine über den Tod dieses Edlen hinaus?»

Die angelehnte Tür! Der Lauscher fürchtete, daß Luise eine nicht mißzuverstehende Bewegung ihrer Hand in Richtung Tür gemacht hatte. Einen Herzschlag lang fragte sich der König, ob er deutlichen Schrittes hinübergehen sollte, als sei hier eben noch ein Papier zu ordnen gewesen. Aber er blieb an seinem Platz.

Scharnhorst war kein Redner, er machte Pausen, wo sie nicht hingehörten, stockte überhaupt zuweilen, als brauche er noch mehr Zeit für den gewonnenen Gedanken. Hier aber und zu dieser Stunde war er mit dem Gebrechen des Redens noch übler dran, wie der König trotz der Distanz feststellte. Er hörte, wie der Oberst sagte:

«Wäre der Prinz einiger Vorsicht fähig gewesen, so hätte er sich so bald wie möglich zurückziehen und an der Saale bis Rudolstadt oder Jena hinabgehen können. Unglücklicherweise stimmte das aber nicht mit seinem Charakter überein, beim ersten Zusammentreffen mit den Franzosen zurückzugehen. Herr von Nostiz sah den Prinzen im Getümmel, umgeben von französischen Reitern. Als er hinzueilte, blutete der Prinz aus mehreren Wunden und lag bereits leblos am Boden.»

Schweigen folgte diesen Worten. Doch nach kurzer Zeit fuhr der Oberst fort: «Der Arzt, Herr Doktor Lautholf, konstatierte später fünf Wunden. Ein leichter Hieb über die Wange, ein Säbelhieb auf der linken Seite des Hinterkopfes, ein solcher auch auf der rechten, ein ganz eigentümlicher Hieb in den Ellenbogen des rechten Armes, schließlich ein Stich tief in die Brust, mit einem breiten Säbel zugefügt. Mit den hinzugezogenen Herren ärztlichen Kollegen bestand Übereinstimmung, daß die letztgenannte Wunde, von oben nach unten beigebracht, absolut tödlich war. Es ist zu vermuten, daß sie dem Prinzen in dem Augenblick widerfuhr, als er infolge der erstgenannten Verletzungen von seinem Pferde gesunken war.»

Der König hörte das gedämpfte Stöhnen der Königin. Dann fuhr der Oberst abermals fort: «Dem königlichen Hause kondoliere ich in tiefer Ehrerbietung wegen des schweren Verlustes, allein ...», und hier setzte wieder das Stocken des Redeflusses ein, «allein der Soldatentod des

Prinzen und Kommandeurs der Vorhut birgt in sich noch nicht den Ausgang des Krieges und damit die Entscheidung über das Schicksal Preußens. Was am Ende zählt, ist die wirkliche Verfassung und Moral des Heeres. Diese hängt, mit Verlaub gesagt, allergnädigste Majestät, nun wieder von einer enormen Summe materieller Dinge ab, was allerdings von manch ehrbarem und rationellem Kopf nicht immer so gesehen wird. Möge diese Auffassung nicht vermessen kühn erscheinen, sondern nur wahr und nüchtern».

Was wollte dieser Oberst, einmal Bauernsohn aus dem Hannoverschen, damit sagen? Hatte Luise ihn herbeigerufen, weil sie seine Lektionen brauchte? Der König ließ sich jetzt vernehmen über die Distanz der Räume hinweg: «Herr Oberst, sorgen Sie dafür, daß man die Begebenheit bei Saalfeld nirgends eine Schlacht, auch nicht Gefecht nennt! Man kann von Vorpostenplänkelei reden, was einem Heldentod keinen Lorbeer raubt. Ein Stück Kriegspech für sich. Eine Unpäßlichkeit der Siegesgöttin, die uns schon morgen wieder strahlend lacht.»

Seine Stimme mit dem Allerhöchsten Willen und Beschluß darin war gehört worden. Er wartete auf das Echo, das nicht gleich kam. Der Bauernlümmel hatte also gelernt, daß dies hier kein Kuhstall war, von wo aus man in jede Ecke zurückbrüllen konnte, wie es einem gerade einkam. Aber wie würde sich Scharnhorst aus der Situation des Angesprochenseins durch den Herrscher hinter Wand und Tür herausziehen? Friedrich Wilhelm tat einen langen Schnaufer und brachte das Ohr lauschend an den Türspalt, wo er einen feinen, unangenehmen Windzug verspürte.

Und dieser Oberst sagte jetzt in einer distinguierten Art, die dem König neuartig und daher überraschend erschien: «Majestät können dem Hohen Gemahl versichern, daß diesem Begehren entsprochen wird.»

Hm! Er hatte es mit Bauernschläue gelöst. Nicht übel, wenn auch etwas dreist. Die Landesmutter möge dem Hohen Gemahl versichern . . .

«Und wenn der im Streit Verblichene unserem Heer zu einer Art König Leonidas von Sparta würde? Der tote Louis Ferdinand Prinz von Preußen könnte die Herzen entflammen wie jener Held der Antike?» Die Königin hatte sich erhoben. Sie war aus dem Marmor heraus, sie flammte selbst, ihr Antlitz glühte. «Hören Sie, Scharnhorst, er könnte der junge Adler sein über den alten Fahnen unseres Landes!»

Der König hörte es mit. Jetzt war sie wieder die eigentliche Luise, die er lieben konnte in ihrem jähen Wechsel der Gefühle.

Und Scharnhorst tropfte in dieses edle Gefäß einer Seele: «Mit größter Ehrerbietung, Majestät, der Tote in der großen Höhe seines Standes hat die Gemüter gewiß allenthalben erregt, die der einfachen Soldaten wie die der Bauern und Bürger, soweit die tragische Kunde davon schon verbreitet ist. Doch es bleibt ebenso wahr, daß der Landmann zur gleichen Stunde auch über den Kornpreis unter den Franzosen sinnt, indes mancher Bürger sein Haus schon zu einem Versteck für seine Wertsachen herrichtet. Und mancher Soldat hat zu Saalfeld seinen Kameraden oder Nebenmann verloren und denkt diesem noch inniger nach als dem gefallenen Feldherrn, unter dem er diente. Und Leonidas? Verzeihen Sie einem schon nicht mehr jungen Kriegsmann, aber das Gebirge Kallidronos paßt schwerlich zu unserem Kulmberg nahe Saalfeld und ..., wenn wir schon einmal die Franzosen für die Perser von damals setzen, wer wäre dann aber heute unser Ränkeschmied und Verräter, der damals Ephialtes hieß?»

Der Oberst schwieg hier unversehens, selbst erschrocken über seine Reden, die seine Gedanken hätten bleiben sollen, wie er es sich vorgenommen hatte, als man ihn rief. Seine Stirn hatte sich erhitzt, eine Strähne seines noch immer dichten dunklen Haares war ihm bis vor die Nasenwurzel gefallen, und er versuchte sie vergeblich von da wegzustreifen.

Luise sah, daß der Mann von Klugheit war, woraus ihr nur für einen kurzen Augenblick Verwirrung erwuchs. Ihr schien es, als hörte sie, wie der königliche Gemahl dicht nebenan, die Luft durch die fleischige Nase zog.

Die Majestät schnaufte nun wirklich voller Zorn. Also eine solche Jakobinerrede hatte Luise sich kommen lassen. Der königliche Ellbogen stieß die Tür auf. Man mußte Scharnhorst in die Schranken weisen.

Doch Scharnhorst war verschwunden. Ohne hörbaren Gruß. Ein Skandal! Der König sah Luise. Wieder schien sie eine Büste aus weißem Marmor. Litt er an Tagträumen? War Scharnhorst wirklich in diesem Raum gewesen?

Jemand schrie draußen unglaublich durchdringend und schamlos: «Die Franzosen kommen!» – Die Franzosen kommen? Eile war geboten.

DER GAST

Wieder drang er durch den Wald, der anders war als jener, der ihm vertraut gewesen. Seine Dunkelheit und Tiefe waren ihm unheimlich von Anfang an. Die Gerüche, die hier aus dem Boden und den im Herbststurm ächzenden Bäumen kamen, waren ihm fremd. Er wußte nicht, wie weit er sich auf Geheiß dieses Krieges von seiner Potsdamer Behausung hatte entfernen müssen, aber er litt darunter wie unter einer Krankheit. Trotzdem hatte er seinen Dienst getan, die beanspruchten, gequälten Mähren, das störrische Tier des Generalleutnants gewartet, wie es sein mußte. Zumeist ging zwischen dem Herrn und ihm alles stumm vor sich oder nur durch einen Blick des Hohen gelenkt. Niemals hatte er sich nur im geringsten aufsässig gezeigt. Einer der Verschläge im niederen Teil des Schloßhofes war ihm als Schlafstelle zugewiesen worden. Sie war nicht schlechter als daheim. Die Verpflegung reichte aus. Der Generalleutnant hatte ihn sogar einmal gefragt, ob er Branntwein habe. Auf seine Antwort, er trinke kaum einmal, hatte der Herr gelacht und gesagt, ein Soldat im Kriege, zumal einer auf dem Pferde, dürfe auch immer sein Quentchen haben. Manche genössen im Sattel

Wein, das sei aber nichts, einem guten Pferd sei der kräftigere Geruch des Branntweins lieber.

Das war natürlich Herrengerede, obwohl es vielleicht stimmte. Aber hatte er sich denn einen Soldaten zu nennen? Niemals hatte er eine Waffe getragen, kannte ihren Gebrauch nicht und war auch nicht versessen darauf. Er hatte für die Pferde zu sorgen, bei Gesundheit und Krankheit, für ihr Futter und ihre Launen. Allerdings, es hieß jetzt Löhnung, was man ihm zahlte. Es war mehr als in Potsdam, wenn auch nicht um viel. Er legte sich davon immer etwas zurück, denn die Heirat, zu der es doch sicher einmal kam, würde etwas kosten und erst recht die Zeit danach. Der hohe Herr war nicht schlecht, er plagte ihn nicht übermäßig, wie viel kleinere Herren es schnauzig mit ihren Knechten und Dienern erst recht im Felde taten. Aber der ganze Dienst seit dem Auszug der Armee paßte ihm nicht. Alles schmeckte bloß nach Krieg, mit dem er nichts zu tun haben wollte. Was hatten ihm die Franzosen getan? Und was würden sie ausgerechnet von ihm wollen können?

Menz drang weiter durch den fremden, unbekannten Wald, worin er aber seit kurzem etwas Bekanntes wußte, eine Lichtung, eine schiefe, zerfallende Hütte, aber mit Leben darin. Diesmal trug ihn kein Pferd, er fühlte auch den Wald deshalb ganz anders, schmerzhafter und näher. Starrendes Holz stach ihn unversehens, zurückschnellende Zweige peitschten Gesicht und Hände, niederes Waldgetier floh huschend vor seinen tappenden Schritten. Manchmal stürzte er auf den Waldboden, der war nachgiebig und sanft, anders als zu Hause.

Dann erhob er sich, holte tief Luft, lief, tastete, kroch weiter in die Richtung des helleren Streifens. Er hatte oft gehört von preußischen Deserteuren im Böhmischen vor der Schlacht von Lobositz, dann später im Schlesischen, wie sie durch die unheimlichen Wälder geflohen waren, wie manche im Wald verhungert waren oder von Wölfen zerrissen wurden. Aber er vertrieb jeden Anflug von Angst vor solchen Dingen, denn die Zeiten waren doch jetzt wohl schon anders. Er hatte ein Ziel, zu dem er strebte, und schließlich, nach Umwegen, kam er dort auch an.

Er stieß die Tür zu der Hütte auf, die niemals verschlossen wurde, weil es darin nichts gab, was sich zu stehlen lohnte. Er rief bloß «He!» hinein.

Ein brummiges Grunzen antwortete ihm, und er glaubte den Mann zu erkennen, der mit dem Prinzen das Gespräch geführt hatte, das zum Schluß für den Hüttenmenschen böse hätte ausgehen können.

«Ich bin es!» rief er, obgleich doch da drin niemand wissen konnte, wer er war.

Der Bärtige stand auf und sagte: «Hier kannst du nicht bleiben, nicht hier!»

«Warum nicht?»

«Weil sie gleich da sind!»

Da erschrak Menz bis ins Mark. Hatten sie ihn schon beim Wickel? Mußte er sich durch die Spießrutengasse zu Tode laufen?

Der Bärtige schien das Entsetzen trotz der Düsternis bemerkt zu haben. «Die sind es nicht mehr», sagte er und setzte mit einem anderen Ton hinzu: «Es sind die Franzosen.» Er stieß die Tür noch weiter auf und lauschte. Man hörte ein fernes Rauschen und Knacken, es konnte aber auch der kühle Morgenwind sein. «Sie sind es», sagte er, «ich wußte schon seit Tagen, wie nahe sie waren. Du kannst in der Nähe bleiben, hundert Fuß von hier ist ein Wildverschlag mit Heu, dort hältst du dich still, bis die ersten durch sind».

Menz wollte danken, doch der ehemalige Soldat des Herzogs und später Bonapartes winkte nur ab. «Laß das! Aber was macht der Herr General?»

«Er ist mir gleich. Ich bin kein Soldat für ihn.» Es gab eine Pause. Dann fragte Menz, und eine kleine Verstimmung war nicht zu überhören: «Den Herrn hättest du in seiner Not in die Hütte gelassen, mich nicht. Das verstehe ich nicht.»

«Ich will es dir sagen. Der Prinz hätte dann einmal in seinem

Leben für ein paar Stunden unter so einem Dache gesessen, nicht bloß gestanden wie neulich, in seinen blanken Stiefeln und seiner schönen Uniform, wovon er einen goldenen Knopf bei uns gelassen hat.»

Da hatten sie plötzlich beide laut gelacht, und von drinnen war die Stimme der jungen Frau gekommen, mit ihrem fremden Klang und leicht beunruhigt, denn sie wußte nicht, was draußen geschah.

Noch nie in seinem Leben hatte er so weit in den Tag hineingeschlafen. Kein Traum war über ihn hergefallen, um ihn zu ängstigen. Nichts hatte ihn stören können in dem berauschenden Waldheu. Auch als er schon wach war, verspürte er keine Lust aufzustehen. Was hätte er auch tun sollen an diesem Tag, der leer bleiben würde von Befehlen und Aufträgen. Er erinnerte sich an die Kate, in der er großgeworden war. Seine Mutter, die er immer nur auf den Beinen sah, hatte er sagen hören: «Ich wollte ein einziges Mal so lange schlafen können, wie ich es möchte.»

War es das, diese Ruhe, die warm durch Arme und Beine bis in den Schädel strömte und aus der Welt eine andere, bessere zu machen schien? Er dachte an die Reichen, die immer ausschlafen konnten. Obgleich nicht alle. Der Prinz zum Beispiel ...

Jetzt erst begann er mit dem Nachdenken darüber, was eigentlich alles geschehen war zwischen gestern und heute. Er hatte kurzerhand den Dienst aufgesagt, war weggegangen vom Brot, in einen angstmachenden Wald hinein, um irgendwo anzukommen. Er hörte schleichende Schritte und drückte sich tiefer in das Heu, obgleich er eigentlich ohne Furcht war, daß sie ihn jetzt und hier suchen und finden könnten.

«Du bist ja das reinste Murmeltier!» vernahm er die bekannte Stimme. «Vielleicht magst du Ziegenmilch?»

«Und wie!» rief der Flüchtling.

«Dann komm heraus!»

Sie saßen dann vor dem Wildverschlag und aßen etwas. Der Reitknecht, der nun keiner mehr war, ärgerte sich, in der Eile nichts in die Tasche gesteckt zu haben. Das Brot und der Speck vermoderten nun in der Lade, oder jemand zog alles noch rechtzeitig ans Licht. Schließlich wagte er eine Frage, die ihn seit dem ersten Besuch hier bewegt hatte: «Was ist dieser Napoleon eigentlich für einer?»

Der Bärtige rieb sich das Kinn. «Ich habe ihn gesehen, aber nie mit ihm gesprochen. Damals war er noch oder schon General. Es war auf der Brücke von Arcole, das liegt bei Verona in Italien. Die Österreicher unter Alvinczy schossen wie die Verrückten. Wir mußten entweder über die Brücke oder zurück. Zurück wäre die Flucht, die Niederlage gewesen. Da nahm der Korse die Fahne, schwenkte sie herum und stürmte als erster hinüber. Wir hinterher. Die Österreicher kamen ins Laufen und hörten dann nicht mehr auf damit. Für Bonaparte war es der Sieg. Diesen November sind es zehn Jahre her, aber manchmal träume ich noch davon, wie er über die Brücke ging. Vielleicht war er in diesen Augenblicken gar kein Mensch, nur so ein ungeheurer Wille. Er sah sich gar nicht um, ob wir ihm wirklich folgten. Vielleicht hoffte er es, oder er war davon überzeugt.»

«Da hast du viel gesehen und erlebt, ich hatte früher noch nicht einmal den Namen dieses Mannes gehört.»

«Wozu auch? Ich rede jetzt vielleicht nur deshalb darüber, weil er wieder nahe ist. Vor zwei Jahren hat er sich die Kaiserkrone aufgesetzt. Wir dachten damals, er würde wirklich Schluß machen mit dem ganzen Monarchentum in Europa.»

«Dann hat er wohl alles vergessen», wandte der Preuße ein.

«Das kann er gar nicht, auch nicht, wenn er es wollte», fuhr der andere fort, «denn in Frankreich sind die Menschenrechte erklärt, das heißt, du kannst zum Beispiel nicht mehr verkauft werden wie man ein Pferd verkauft. Oder: Niemand schreibt dir mehr vor, an welchen Gott du zu glauben und in welcher Kirche du zu beten hast. Du kannst dir auch soviel Land oder

Häuser oder Fabriken kaufen, wie du willst, allerdings mußt du Geld dazu haben, sonst ist es nichts damit».

Menz hörte staunend zu. Dieser Bonaparte zog also jetzt mit seinem Heer hier vorbei, er suchte den Prinzen Louis Ferdinand, um ihn gefangen zu nehmen oder gar zu töten ...

Sie erklommen zusammen einen Hügel, der sich wie eine Terrasse aus dem Wald schob. Der Bärtige zeigte auf eine hohe Fichte. «Von da aus kannst du ins Tal schauen und die Straße beobachten. Es gab eine Zeit, wo ich das nötig hatte, denn man suchte mich. Du mußt ein bißchen klettern, ich helfe dir.» Er blieb selbst unten und rief dann hinauf: «Halt' dich gut fest! Kannst du schon etwas sehen?»

Menz rief sehr schnell: «Sie kommen!»

«Sag' es schon genauer. Was kommt? Und wie viele sind es?»

«Mit allem! Und viele!»

«Sind Kanonen dabei? Kommen sie in Kolonnen oder als Schwärme? Kannst du die Farben der Reiter erkennen?»

Menz hatte sich heruntergelassen. Wieder auf dem Waldboden, keuchte er, als habe er eine große Anstrengung hinter sich gebracht. Aber es war wohl mehr die Aufregung. «Du verstehst doch mehr davon als ich, ich sah nur, daß sie heranziehen wie ein schnelles Gewitter.»

«Das hast du gut gesagt. Wir werden bald den Donner hören und die Blitze sehen. Aber dir wird hier nichts geschehen.»

«Du mußt aber nicht denken, daß ich feige bin», rief der Jüngere.

«Das denke ich überhaupt nicht, aber der Mut braucht etwas Glauben an die Sache, und ich glaube, der Prinz ist dir da und seinen Leuten viel, wenn nicht gar alles schuldig geblieben».

«Ich habe gar nicht einmal etwas gegen ihn. Ich habe damals nicht verstanden, daß er sein gutes Pferd, den Vulcan, verstehst du, so schnell vergessen konnte. So, als wäre ein Tier nichts. Aber dann sah ich auch, daß er ein Mensch sein konnte, der einen anderen braucht. Er ist oft wild gewesen auf Weiber, aber in solchen Sachen unterscheidet sich eben ein Prinz nicht von anderen Leuten.»

«Auch über Bonaparte hört man das.»

«Dieser Bonaparte! Bei der Brücke mit dem italienischen Namen denke ich mir, daß es viele solcher ... Brücken gibt. Entweder man bleibt hocken und zittert und betet, daß der liebe Gott es machen soll, oder man geht los. Aber wozu muß Krieg sein, ehe man so eine Tat begeht?»

«Da hast du etwas Gescheites gesagt. Es gibt solche Brücken, sage ich dir, ganz plötzlich stehst du vor ihr, und wer da den Kopf verliert, der ist wirklich verloren.»

Der Jüngere nickte fast bedächtig.

«Als du den Baum bestiegen hattest vorhin», fuhr der Bärtige fort, «war ich sehr ungeduldig. Ich will dir auch sagen warum. Ich glaubte und hoffte, du würdest da oben jemanden erspähen, den ich gern noch einmal wiedergesehen hätte. Meinen alten Freund Guindey. Damals war er noch Korporal, aber ich denke, daß er jetzt schon längst Offizier ist. Ich sage dir, mit diesem Guindey würde ich noch einmal sprechen wollen, und ich glaube, auch du würdest ihm gern zuhören.»

Sie schritten jetzt durch den Wald wie zwei Brüder, die sich nach langer Zeit wieder getroffen und viel miteinander zu bereden hatten. Dabei wußten sie doch noch sehr wenig voneinander, und der ehemalige Knecht aus dem Potsdamer Pferdestall fragte: «Womit hast du sonst dein Brot verdient?»

«Ich habe Uhrmacher gelernt. Das ist ein schöner Beruf, vielleicht überhaupt der schönste. Deine Pferde sind bestimmt auch wichtig und schön, aber es gibt Uhren, die sind ein Wunder von Menschenhand. Im Louvre in Paris, so heißt das große Königsschloß dort, sah ich Uhren, wie ich sie zuvor nie gesehen hatte. Die Herrscher beachten sie überhaupt nicht, weil die Lakaien alles regeln. Vom Zauber des Inneren einer Uhr wissen sie nichts.»

Menz, der Märkische, wurde immer mehr zum Nachdenken angeregt, und es gefiel ihm, daß er mit einem verständigen

Menschen sprechen konnte. «Erzähle weiter von Frankreich», bat er den anderen.

«Sie lassen uns hier nicht an die Bücher heran und auch nicht auf die besseren Schulen gehen. Wir sollen ihnen für das bißchen Einmaleins, für die Sprüche im Katechismus danken, die man uns mit dem Stock einpaukt. In Frankreich hat die Revolution das Schulwesen verändert, und auch Bonaparte läßt Gebäude errichten, wo gleich ein paar hundert begabte junge Leute lernen können, wie man Maschinen baut und andere nützliche Dinge.» Der Bärtige schien nachzudenken. «Auch in seiner Armee ist ein ganz anderer Geist...»

«Was glaubst du, wie alles ausgeht?» fragte der Jüngere.

«Es wird nicht die letzte Schlacht sein zwischen Bonaparte und den vielen Staaten um ihn herum. Dein Prinz wird es schwer haben. Nicht, weil er als Soldat schlechter kämpft als ein Franzose, aber wie man sich erzählt, wird er sehr geliebt und begehrt. Vielleicht gefällt ihm die Sache der Franzosen?»

Viel Tageszeit war inzwischen vergangen. Sie sahen jetzt wieder die Hütte. Ein dünner Rauchfaden stieg von ihr empor. «Josietta kocht uns was!» rief der Bärtige und versetzte Menz einen leichten Schlag auf die Schulter. Plötzlich aber hielt er ihn zurück. «Warte noch», sagte er, «ich will dir etwas erklären, damit du das in der Hütte besser verstehst.

Als du neulich mit dem großen Herrn hier hereinkamst, hat sie gezittert und ist auch danach nicht gleich wieder zur Ruhe gekommen. Du hast es sicher gemerkt, Josietta ist nicht von hier. Ich habe sie aus Italien mitgebracht, wo sie ein schlimmes Schicksal hatte. Es war ‹ihre› Brücke von Arcole. Aber sie schaffte es nicht allein, man mußte ihr helfen, damit sie nicht zugrundeging. Ich mache es kurz, denn sie hat ein feines Ohr, und jedes Gerede darüber kann sie verletzen. Vater und Mutter starben sehr früh. Man brachte sie in der Stadt in ein Haus, von dem sie nicht wissen konnte, daß sie dort Liebe verkaufen sollte, verstehst du? Dort habe ich sie gefunden. Sie war noch rein, denn sie sperrte sich und biß um sich wie eine Wildkatze.

Man versuchte sie zu zähmen mit Schlägen und durch Hunger. Man bot sie mir an. Ich sah sie und wollte sie kaufen. Man verlangte einen blödsinnigen Preis. Aber ich hatte Gold. Der Krieg hatte es mir zugewirbelt. Ich wies es ihnen vor. Sie wollten sich vor Lachen im Dreck wälzen, spürten aber, daß ich es ernst meinte.»

Der Bärtige schwieg einen Moment, wie in der Erinnerung befangen. «Sie ging mit. Wir wohnten in einem Quartier, und ich brachte ihr ein bißchen meine Sprache bei. Es dauerte lange, bis sie begriff, daß sie von mir nicht gekauft, sondern *freigekauft* worden war. Ich mußte ihr auch klarmachen, daß wir nicht in Italien bleiben könnten. Meine Wunde machte mir zu schaffen. Man gestattete mir, dorthin zu gehen, wo ich einmal hergekommen war. Es war nicht diese Hütte, aber es ist diese Gegend hier. Als ich zurückkam, ging es uns sehr schlecht, denn man hatte mich verketzert, weil ich bei den Franzosen gewesen war. Einmal allerdings holte man mich auf die Heidecksburg, wo sie im Taumel eine kostbare Uhr zerstört hatten.»

Die Frau hatte sie längst gesehen, wie sie beieinander standen und nur der eine ununterbrochen redete. Auf ihrem Gesicht lag stille Freude und Erwartung. Endlich sah auch der Mann die Geste, die zum Essen einlud. Er brach ab, und beide verspürten jetzt Hunger.

Josietta bediente den Gast mit ruhiger Hand. Ihre Scheu war gewichen. Der Uhrmacher hatte etwas in die Hand genommen und steckte es zwischen Daumen und Zeigefinger. «Der goldene Knopf des Prinzen.» Er wies auf die dunkle Ecke im Raum, wo die Alte hockte. «Allein der Wert dieses Knopfes hätte ihr damals helfen können, mit der Krankheit fertig zu werden.»

Sie hatte immerzu geglaubt, ein dumpfes Grollen zu hören, wie die Gewitter es mit sich brachten, wenn sie sich von Südwesten kommend, am Wasserband der Elbe stauten. Hatten sie dort ihre Kraft neu gesammelt, brachen sie unversehens in die Mark hinein, Berlin und Potsdam überspülend . . .

Dann erfuhr sie, daß es eine große Schlacht gewesen war, die bei Jena und Auerstedt ihren Höhepunkt erreicht und alles zerschlagen hatte, was Preußen einmal war oder doch zu sein geglaubt hatte. Henriette Fromme tat, was sie konnte. Sie ordnete an, daß den unaufhörlich Zurückflutenden geholfen wurde. Mit Brot und Getränken, Verbänden und Zuspruch. Sie kamen in blutigen Fetzen, verschmiert mit Dreck und Schweiß, den Schrecken noch auf den bleichen Gesichtern. Niemals hatte sie sich die Ränge der Offiziere merken können, die Farben der Uniformen deuten, die Namen der Regimenter behalten. Louis hatte es ihr wohl an die Hundertmal erklärt, am Ende behielt sie doch nichts davon.

«Es ist Männersache», hatte sie einmal dazu gesagt. Und Louis hatte sie an die Amazonen erinnert, die skythischen Kriegsweiber, die noch gräßlicher als die Männer mit Schwertern umzugehen verstanden.

«Ach, komm mir nicht damit», hatte sie geantwortet, «das ist lange her, oder es ist auch nur erfunden. Ihr solltet euch jedenfalls nicht gar so spiegeln in dieser Art von Ehre. Einem frechen Räuber, überfiele er mich im Haus, ginge ich wohl auch an die Gurgel, aber ihr wollt einfach Feinde haben».

Da war er ins Spotten gekommen: «Ich sag's dem König und Rüchel und Massenbach, daß du uns das Kämpfen mißgönnst und uns somit unbrauchbar machen möchtest. Dann kommst du auf Festung als Staatsgefangener, oder du mußt hängen wie der schlesische Pastor Faulhaber, der einen Ausreißer versteckte und erwischt wurde von den Gendarmen.»

Nun kamen sie zu Haufen und baten um ein Verschnaufen.

Muschkoten wie Offiziere. Um Verstecke baten sie vor den Reitern Napoleons, die schon bis Schricke streiften.

Oh, Louis, und wo bist du? Schon längst bist du weg von mir, weil sie es so haben wollten. Die Kinder möchten sie mir nehmen, weil sie eine standesgemäße Erziehung erhalten sollen. Auch einen neuen Namen haben sie vorbereitet: von Wildenbruch. Irgendein Ort, ein Gut soll so heißen nach dem Norden hin. Aber ich höre etwas anderes heraus, den feinen, ironischen Sinn: Wildenbruch! Und der Baum bin ich, der gesplitterte, geplünderte, entlaubte. Louis und Blanche, vielleicht habt ihr jetzt schon keinen Vater mehr?

«Die Armee ist futsch», hatte einer der Flüchtenden gesagt.

Futsch! Wie konnte eine so große, funkelnde Armee einfach futsch sein? Wo waren die langen Reihen hin, die Scharen von Reitern, die Mäuler der Kanonen, die Gewehre und Klingen?

Louis, gab es denn keinen anderen Weg für uns? Es hätte ihn gegeben, aber was ich denke, ist dumm und eitel, denn ich bin nur eine Frau. Hast du nicht auch diesen Krieg gewollt, Louis? Ich zittere, wenn ich die Antwort darauf versuche: Warum wütest du gegen die Franzosen? Ich habe eine französische Mutter. Und du, hattest du nicht Lehrer, Erzieher von dort? Verstandest du nicht auch ihre Sprache? Hast du nicht ihre Bücher gelesen, auch jene, die man eigentlich zu hassen hatte, den Rousseau und Voltaire ...

Da bringen sie schon wieder welche, auch Tote. Bist du darunter, Louis? Kommst du mich so besuchen?

Sie fand keine Ruhe. Die Bewegung nahm noch immer zu. Am späten Horizont loderte ein Brand, er zuckte auf und nieder und schien sich zu vergrößern. Sie zog die Gardine vors Fenster, aber das unruhige Licht drang weiter herein. War das der Untergang, von dem Louis manchmal so erregt gesprochen hatte, nur daß er damit den der anderen meinte? Sie schlief endlich in ihrem Sessel ein, aber die Träume waren eine Qual, nicht anders als die Wirklichkeit des Tages.

Erst allmählich nahm das neue Bild für sie klarere Formen an, obgleich es wieder neue Fragen mit sich brachte. Aus dem Gewirr der Stimmen hörte sie gelegentlich schreckliche Flüche heraus, aber auch sachliche, beweisführende Kritik. Sie hörte, daß vieles schon lange vor der Schlacht und erst recht während ihr falsch gemacht worden war.

Obgleich die meisten beim Herantreten Henriettes verstummten oder den Reden hastig eine andere Wendung zu geben versuchten, hörte sie doch Namen von hohen Leuten, die ihr bekannt waren durch Louis. Sie wußte dann nicht, ob sie denen das Unglück wünschen sollte, oder ob es eine Sünde war, so etwas auch nur zu denken, zumal auch Louis davon betroffen war. Welche Fehler oder gar Dummheiten hatte er begangen?

Der Schlag kam dann ganz schnell und hart. Sie hatte einem abgerissenen Offizier gerade Wasser gereicht, als sie den vernichtenden Satz hörte: «Als Louis Ferdinand fiel, waren wir schon verloren.»

Sie erstarrte. Das schon wieder zurückgenommene Wasserglas fiel aus ihrer Hand und zersplitterte auf einem Stein. Der Offizier fing die Sinkende auf und trug sie ins Haus. Dort faßte sie sich aber schnell und fragte die Umstehenden fast erbarmungslos: «Ist er tot, und wie? Die Wahrheit! Bitte!»

Sie wußten nicht, wer sie war und was es sie anging, aber sie werteten es als Anteilnahme an dem ganzen Unglück. Daher antworteten sie auch so gut sie konnten. Doch es stellte sich heraus, daß unter ihnen niemand als Augenzeuge dabeigewesen war. Aus diesem Grunde gab es auch verschieden lautende Berichte über den Hergang. Alle mündeten jedoch in der zuverlässigen Auskunft, daß der Prinz nicht mehr lebte. Er sollte bald nach dem Kampf nach Saalfeld gebracht und dort kurz aufgebahrt worden sein.

Hierauf sagte sie nichts mehr. Sie erhob sich, gab den Dienstboten noch Anweisungen für die weitere Hilfe und schloß sich ein, um weiter nachzudenken. Dabei fielen ihr die Kinder ein.

Wer würde es ihnen sagen, und wie würde es vor sich gehen? Hatten sie Louis eigentlich so richtig als Vater kennengelernt?

Sie hatte noch keine Tränen in den Augen. Auch keine Tränen des Zornes gegen die Franzosen, die vom Thüringischen her nach Norden und Osten zogen. Sie verspürte auch keine Furcht wegen ihrer Person und der Kinder. Louis' Haß gegen die Welschen, eine Bezeichnung, die er manchmal bissig — verächtlich gewählt, hatte sie nie begriffen und teilen können. Sie hatte diesen Haß für eine Jugendtorheit gehalten, die sich legen würde. Aber er hatte sie nun mit dem Leben bezahlen müssen.

Kalt stieg in ihr der Gedanke hoch, daß vielleicht irgendwer von Hofe kommen würde, um bei ihr Unterschlupf zu finden, da sie die Vertraute und Geliebte des Prinzen gewesen war. Massenbach zum Beispiel! Sie befanden sich alle auf der Flucht. Henriette trat an das Fenster. «Ich schmisse sie alle hinaus, ich lieferte sie den Franzosen aus ...» Eine würgende Trauer hemmte ihre weitere Rede.

Sie konnte nicht ahnen, daß in der Kutsche, die unten soeben eilig vorüberrollte, gerade jener Massenbach saß. Er wollte nach Magdeburg. Bis zur Festung war es nicht mehr weit. Er nahm viele Umwege und tat überhaupt alles, um möglichst unerkannt zu bleiben.

Und wo waren die anderen? Der König und seine Gemahlin? Wo seine Kalesche, seine Rosse, die Dokumente, das kostbare Geschirr, das man mitgeführt hatte aus der Hauptstadt? Zuflucht bot nur die östliche, nordöstliche Richtung. An den Grafen von der Schulenburg, den Gouverneur der Hauptstadt, waren Eilkuriere losgeschickt worden. Man möge ruhig bleiben in Berlin. Der Pöbel solle sich nicht rühren. Auch keine sonstige «Rührung» war erwünscht: Schulenburg antwortete: «Eine Bataille ist verloren, mehr nicht. Das ist normal. In einem Kriege verliert immer einer von zweien die Bataille, sonst wäre es kein Krieg.»

«Hat Gott uns verlassen, und warum?» fragte Königin Luise im Polster der Kalesche ihren Gatten und setzte hinzu: «Wir sind nicht ohne Sünde gewesen seit König Friedrich dem Großen.»

Seine Majestät sah die Sache nicht so. «Gerade jetzt ist Gott mit uns, denn er erlegt uns eine Prüfung auf.»

«Ach, wenn es so wäre! Aber wenn es doch auch menschliches Versagen gegeben hätte?»

«Ich habe nicht versagt. Ich tat alles, was ich konnte.» Er erregte sich bei diesen Worten und verschüttete den heißen Tee, den er in einem Porzellanbecher vor sich hielt.

Die Königin sah den Fleck sich ausbreiten auf der seidenen Kniehose des Gatten. Es war russischer Tee. «Und wenn Zar Alexander uns hülfe?»

«Ich habe auch schon daran gedacht, liebste Luise, aber es ist nicht sicher», antwortete der König, während die Kalesche mit dumpfem Poltern über die Planken einer Brücke rollte.

DER BRIEF

Henriette war an den zierlichen Mahagonitisch getreten und zog ein Kästchen auf, worin sich ein Brief befand, der nie abgesandt worden war und den sie seit der Niederschrift niemals wieder gelesen hatte. Er war für Louis bestimmt gewesen, als alles schon zu Ende schien, aber sie selbst damit noch nicht zum Schlusse gekommen war. Eine Träne hatte das Papier nicht benetzt, sie war kein sentimentales Frauenzimmer. Ihr Weinen war von anderer Art. «Ich weine nach innen», hatte sie einmal zu dem Geliebten gesagt, was dieser zum Anlaß von allerhand Spott genommen: «Dann überschwemmst du das süße Kätzchen in dir.» — «Oder den Tiger», war es ihr überraschend herausgefahren, wobei sie ihm schalkhaft die Krallen gezeigt hatte.

So war es immer, wenn die Rede auf Dinge des Gemüts kam. Louis, der sich kaum bedenken brauchte, wußte immer einen Scherz darauf, und der Himmel schien wieder blankgeputzt.

Sie hatte es hingenommen, kannte sie doch auch seine Anfälle von Schwermut, die sie weit mehr geängstigt hatten.

Besagter Brief war nur flüchtig gefaltet, so als hätte sie ihn damals wegstoßen und zugleich als Unterpfand behalten wollen. Sie legte das gelbliche Papier auseinander und las sich leise die engbeschriebenen Zeilen vor:

An Louis!

Ich weiß schon in diesem Augenblick, daß es töricht ist, Dir zu schreiben. Denn was man sich nicht vorher gesagt hat, bleibt am Ende nur ein Gestammel, mit dem man sich unnötigerweise Leid zufügt. Nicht wir beide haben eine Hecke mit dornigen Rosen um unsere Herzen gezogen, sondern jene, die aus der Welt kommen, die auch die Deine ist. Die Kapitulation allerdings ist von Dir, dem Soldaten und Offizier gekommen. Und das ist das Merkwürdige.

Geliebter, wir sehen uns jetzt immer seltener, und mich dünkt, Du gibst Dir viel Mühe, Distanz zu zeigen zu allem, was einmal gewesen ist zwischen uns und auch – Verzeih die törichte Bezeichnung – sehr schöne Früchte getragen hat. Du verleugnest sie allerdings nicht, im Gegenteil! Und deshalb mache ich Dir auch keinen Vorwurf. Dein künftiges Leben war immer einer größeren Sache gewidmet. Meine größte Sache war unsere Liebe. Ich glaube Dich gut zu kennen, aber es ist ein Rest für mich geblieben, der mir unbegreiflich scheint. Trotzdem ist er mir teuer, weil er mir Gelegenheit gibt, mich mit Dir zu beschäftigen und über Dich nachzudenken. Ich danke Dir ewig für alles Schöne, was Du mir bereitet hast, wozu ich jetzt auch schon den Schmerz zu zählen beginne, den Du mir zufügen wirst. Nicht aus erkaltender Liebe, sondern aus Disziplin wird es geschehen. Und aus diesen für mich schrecklichen Dingen fließen auch meine Fragen an Dein Herz und Deinen Verstand. Du bist so tapfer in Deinem Uniformrock, aber so ängstlich in den Sachen der Liebe, wenn diese nur lange und heftig genug von außen angefochten wird. Du

Sie legte das gelbliche Papier auseinander und las . . .

schwärmst von vielen Neuerungen und großen Veränderungen, aber gleichzeitig hältst Du Dich doch krampfhaft fest an den dürren Ästen, die der Wind schon gebrochen hat oder brechen wird. Du hast so viele Freunde, aber die, die Dir wirklich folgen möchten, erkennst Du nicht. Ich weiß nicht, woher das so kommt, mir selbst gebricht es als Weib an der durchdringenden Kraft des Schauens und Erkennens, ich kann nur mit dem Gefühl herangehen. Ich möchte Dir so gern helfen, zu Dir halten in allem, was auch kommen mag. Ich möchte aufgehen in Dir, eins sein mit Dir, — aber Du verlangst das nicht.

Liebster, die Bestimmung dieses Briefes wird die sein, daß ich ihn wohl niemals an Dich abgehen lassen werde. Und warum? Weil ich dann zu fürchten hätte, daß ich Dich endgültig verlöre. Du würdest beim Lesen dieser Zeilen zornig werden auf Deine Henriette, Dein Weib, die Mutter Deiner Kinder, die niemals aufhören wird, Dich und nur Dich wirklich zu lieben . . .

Ich habe zu Beginn meines Schreibens nicht wissen können, wohin meine Feder mich bringen würde. Mir scheint jetzt alles Geschriebene so richtig und zugleich so dumm zu sein. Louis, Geliebter, verzeih' mir! *Henriette*

GUINDEY

Der Wald lag im Novembernebel. Er schien die Hütte verschluckt zu haben. Doch der Mann, dieser Fremde, wollte sie um jeden Preis finden. Es war nicht ungefährlich für einen Offizier Napoleons, so allein durch das Dunkel zu gehen. Es gab noch Versprengte in den Wäldern, die zu Dieben geworden waren, zu Räubern oder gar auch Mördern.

Guindey, was suchst du in diesem Wald mitten in Deutschland? Es kann sich doch nicht um Pilze handeln oder um ein Reh, dem du die Schlinge legen willst? Was also, Franzose aus dem Süden, dekoriert vom Kaiser, willst du hier? Du solltest in

Berlin an der Spree sein bei der kaiserlichen Garde oder in Potsdam, Magdeburg, Stettin. Aber hier, Guindey? Zieht es dich dahin, wo du Louis Ferdinand, dem Prinzen von Preußen und Generalleutnant, bei Saalfeld im Thüringischen den Todesstoß gegeben hast?

Ja, es war Guindey. Zu seinem alten Freund wollte er, zu dem Kameraden, der in diesem elenden Gehölz das Dasein eines Maulwurfs führen sollte. Er wollte ihn noch einmal sehen, umarmen, mit ihm die Flasche leeren, die er in der Manteltasche trug. Er war mit dem Uhrmacher im Elsaß und in Italien zusammen gewesen, bei Arcole, wo sie mit Bonaparte über die Brücke gestürmt waren. Sie hatte Leben oder den Tod bedeutet, Sieg oder die Niederlage. Deshalb wollte er den anderen finden, jetzt, nach Jena und Auerstedt.

Überall hatte er herumgefragt. «Wißt ihr, wo es hier einen Mechanikus, einen Uhrmacher gibt, einen Mann, der vielleicht ein bißchen das linke Bein nachzieht, der eine junge Frau hat, die fremdländisch ist für euch, so eine Schwarzhaarige, Schöne, Zierliche?»

Die Deutschen, verschreckt wie sie noch waren, hatten ihn ängstlich angesehen. Manche wollten fliehen nur wegen seiner Frage, bis er einen fand, der im Schloß die Öfen reinigte. Er hatte wohl keine Furcht vor dem Franzosen und Offizier. Er wusch sich die rußigen Hände und sagte: «Da ist einer im Wald, Mussjöh, vielleicht meinen Sie den. Es stimmt, daß er Uhrmacher ist, und es heißt, daß er ein Weib mitgebracht hat aus der Fremde. Gesehn habe ich es nicht, denn sie soll sich verstecken vor den Hiesigen ...»

Vor Freude hatte Guindey ihn umarmt und nach dem Weg gefragt. Der Rußige warnte ihn, es sei nur eine schreckliche Hütte, in der der Uhrmacher hause, und noch schrecklicher sei die alte Mutter: krumm wie ein Tier.

Aber das focht den Franzosen nicht an. Er schenkte dem Ofenmann ein Goldstück mit dem Kaiser drauf. Frisch geprägt. Und er marschierte nun durch den deutschen Wald, über den die Deutschen so furchterregende Märchen schrieben. Es wimmelte darin nur so von Hexen, Eulen, Schlangen, Gnomen und anderen Ungeheuern. Was mochten sie an derlei finden? Der Uhrmacher hatte ihm davon erzählt, und Guindey hatte sich gewundert. Die Märchen seiner Kindheit waren nicht so grauslig. Aber vielleicht lag es daran, daß die deutschen Wälder finsterer waren.

Da sah er den beschriebenen Ort und auch die Gestalt des Uhrmachers. Sie stürzten aufeinander zu, lagen sich in den Armen, konnten es lange nicht fassen. In die Hütte wollten sie nicht gehen. Erst mußten noch mehr Worte getauscht werden.

Über die alten Zeiten redeten sie aber nicht viel miteinander. Guindey spürte, daß seinem Kameraden nicht daran gelegen war. Nur dieser und jener Name wurde erwähnt, und der Franzose sagte dann etwas langsamer: «Der ist gefallen bei ...» Oftmals nannte er den Ort Austerlitz, wo es im Vorjahr schrecklich gewesen sein mußte, für Russen und Österreicher ebenso wie für die Franzosen, die gesiegt hatten.

Guindey merkte sehr schnell, daß dem Uhrmacher seit ihren gemeinsamen Tagen ganz neue Gedanken durch den Kopf gingen, aber schon immer hatte der Deutsche dazu geneigt, viel und lange nachzudenken. Er, Guindey, sah die Welt doch irgendwie leichter und fröhlicher. Ein Ärgernis zwischen ihnen war es jedoch nie gewesen. Ja, manchmal war es Guindey sogar recht gewesen zuzuhören. «Mir liegt mehr der Wein im Blut und die wärmere Sonne», hatte er einmal zu dem melancholisch gewordenen Kameraden gesagt.

Wein hätte der französische Krieger in der armseligen Hütte nicht finden können. Aber er hatte ja vorgesorgt und auch etwas zum Essen mitgebracht. Endlich zog ihn der Uhrmacher in die Hütte. Guindey benahm sich, als wäre er oft schon hier gewesen. Die junge Frau stieß einen Freudenschrei aus, denn sie erinnerte sich daran, wie höflich der Franzose sie behandelt hatte, noch bevor sie «freigekauft» worden war von ihrem Mann. Die krumme Alte glaubte zuerst, der Fremde wolle den Sohn wieder in den Krieg holen. Dann vermutete sie, es ginge um den Prinzen. «Seinen Knopf soll er sich zurückholen, der feine, große Herr ...» Schließlich beruhigte sie sich und schlief ein.

Sie redeten die ganze Nacht. Josietta lag auf dem Strohsack und hörte zu. Am Morgen gingen sie gemeinsam aus der Hütte. Die Sonne stand schon hoch. Der Uhrmacher begleitete den Freund bis zu dem Baum, wo er den Reitknecht Menz geheißen hatte, Ausschau zu halten, auch nach Guindey, dem Freund.

«Hör zu», sagte der Franzose, als sie stehengeblieben waren, «ich muß dir noch etwas erzählen. Ich habe diesen Prinzen getötet, von dem sie so viel Wesens jetzt machen».

Für ein paar Augenblicke herrschte Schweigen zwischen den beiden. Der Uhrmacher fragte seinen alten Freund: «Wie meinst du das? Wir haben oft getötet, zum Beispiel in Italien.»

«Die Toten dort blieben uns aber immer unbekannt», entgegnete der Franzose, «das ist der Unterschied zu dem, was mir jetzt passiert ist. Vor dem Kampf weiß man nicht, wen man töten wird oder von wessen Hand es einem selber widerfährt. Ich erkannte zwar den hohen Offizier, aber nicht den Prinz von Preußen. Mit dem Hut suchte er seine Orden zu verdecken. Ich rief: ‹Ergeben Sie sich, General! Oder ich töte Sie.› Er dagegen rief ungefähr: ‹Nein, Schurke!› und versetzte mir noch einen Hieb ins Gesicht. Hierauf stieß ich dem zu Fuß Weiterfechtenden aus dem Sattel den Säbel in die Brust.»

«Du bist dir ganz sicher, daß es Prinz Louis Ferdinand war?»

«Ich bin es, und man weiß es.»

«Wer weiß es?»

«Beide wissen es, der Kaiser der Franzosen und der König von Preußen.»

«Bereust du es?»

«Es würde mir nichts helfen.»

«Weißt du, daß er kurz vorher noch unter meinem Dach gewesen ist?»

«Was suchte er bei dir im Walde? Er ist doch so stolz gewesen.»

«Ein Ritt führte ihn her, mehr die Jagd als der Krieg.» Nach kurzem Nachdenken folgte der Satz: «Vielleicht war er als Jäger besser.»

«Er hat zwei Kinder, hörte ich.»

«Sie werden stets satt sein und vorzüglich gekleidet. Auch die Karriere wird ihnen nicht fehlen, wenn sie größer geworden sind. Denke an die vielen Kinder, die vaterlos geworden sind, denen es nicht so gut geht.»

«Das ist wahr. Ich fühle mich auch nicht als Mörder.»

«Der wirkliche Mörder ist der Krieg, Guindey!»

«Das ist mir zu phantastisch», rief der Offizier des französischen Kaisers aus. Er druckste herum, und der Uhrmacher ließ ihm Zeit, er kannte Guindeys Art, sich mit einer Frage erst selbst zu beschäftigen. «Da ist noch etwas», kam es endlich, und Guindey senkte dabei den Kopf, «glaubst du, daß es irgendwie einmal eine Verzeihung gibt für all das, was hier unten auf Erden Böses geschieht?»

«Ich will dir jetzt etwas verraten», antwortete der Freund bedächtiger als sonst. «Ich habe es wohl gesehen, wenn du gebetet hast. Du hättest es vor mir nicht zu verstecken brauchen, denn obgleich ich Gott, die Mutter Maria und alle Heiligen nicht mehr anerkenne, würde ich nie einen Menschen kränken, der daran glaubt. Aber, wenn du mich schon so fragst, dann sage ich dir: Die große Verzeihung ist irdischer Natur.»

Sie mußten sich trennen. Den Uhrmacher schmerzte das Bein bei dieser Witterung. Er fragte Guindey: «Und wo wirst du jetzt hingehen?»

«Du weißt doch, daß man einen Soldaten nie danach fragen darf.»

Der Bärtige lachte. «Und Bonaparte? Wo will der noch hin?»

Der Franzose antwortete: «Sie reden, daß er uns eines Tages vielleicht noch nach Rußland schickt.»

«Dann ist er verrückt. Im Lazarett damals bekam ich ein Buch über Rußland in die Hand. Ich sage dir, es ist so unglaublich groß . . .»

Sie umarmten sich ernst und herzlich. Der Uhrmacher sah, wie Guindey hinter den Stämmen verschwand. Aber aus dem Halbdunkel kam noch einmal seine Stimme: «Grüß Josietta! Unterm Strohsack liegt ein Goldstück. Für das Kind!»

Danach blieb Josiettas Mann längere Zeit ziemlich einsilbig. Das begann die Frau zu bedrücken. Sie fragte ihn vorsichtig: «Bist du krank, oder fehlt dir sonst etwas?»

Er seufzte tief auf und sagte aber schließlich beruhigend: «Sorge dich um nichts, es geht wirklich nur diesen Guindey und mich etwas an.»

«Dann ist es eine Männersache?»

«Ja, Liebste, es scheint so», antwortete er, und sie hatten das Kapitel Guindey abgeschlossen.

Schließlich müssen alle Kapitel einmal abgeschlossen werden . . .

Finis

NACHWORT

Als am 10. Oktober 1806 im Gefecht bei Saalfeld/Thüringen der Kommandeur der preußischen Vorhut, Louis Ferdinand Prinz von Preußen, unter den Säbelhieben des französischen Husaren Jean Baptiste Guindey tödlich zu Boden sank, dürfte nach Erhalt der Nachricht nur Napoleon geahnt haben, daß diese zweifellos auch persönliche Tragödie ein Vorzeichen des unausweichlichen Untergangs der preußischen Armee bedeutete.

Der Tod des Prinzen, eines Neffen Friedrichs II. («des Großen») kam nicht wenigen wichtigen Personen des preußischen Hofes gelegen, vermutete man doch im Prinzen eine bereits gegenwärtige, aber erst recht künftige Opposition gegen eine Reihe veralteter Einrichtungen. Tatsache war, daß der nachfriederizianische Staat und dessen Heer von Morschheit geprägt waren, ein Umstand, in den Napoleon als der gewalttätige und widerspruchsvolle Erbe der Errungenschaften der Großen Französischen Revolution mit seiner neuen Auffassung und Praxis von Kriegführung gleichsam wie ein Blitz hineinfuhr. Auch der Prinz hatte sich dabei zeitweilig der arroganten Haltung eines Teils des preußischen Offizierskorps gegenüber dem «Emporkömmling» Napoleon angeschlossen. Es gehört aber zur Zwiespältigkeit der Persönlichkeit Louis Ferdinands, daß ihm dabei auch eine bestimmte Bewunderung des so viele alte Regeln der Kriegskunst in den Wind schlagenden Kaisers der Franzosen unterlief.

Überhaupt prägte den Prinzen im hohen Maße Zwiespältigkeit, die ihn nicht zuletzt auch für die literarische Darstellung geeignet machte. Hieraus hat dann auch eine gewisse Trivialliteratur des 19. Jahrhunderts (unter anderem Fanny Lewalds Roman «Prinz Louis Ferdinand» 1859) Nutzen gezogen. Theodor Körner schrieb kurz vor seinem Soldatentod das Gedicht «Bei der Musik des Prinzen Louis Ferdinand» (1812), und fast genau hundert Jahre später (1913) verfaßte Fritz von Unruh das Drama «Louis Ferdinand, Prinz von Preußen», worin allerdings die rebellische Seite dieser historischen Figur weit überzogen wird. Nicht unerwähnt unter der historisch erzählenden Literatur sollte Willibald Alexis' zwischen 1847 und 1892 geschriebener Roman «Ruhe ist die erste Bürgerpflicht» bleiben, worin das Bild von Louis Ferdinand mehrfach erscheint, ohne jedoch ganze Gestalt anzunehmen. In Theodor Fontanes Meisternovelle «Schach von Wuthenow» (1883) erscheint der Prinz kurz am Rande des prägnanten kritischen Gesellschaftsbildes.

Bemerkenswert bleibt, daß Louis Ferdinand trotz großer höfischer Vorbehalte bereits zu Lebzeiten rasch zu einer Symbolfigur des preußischen jugendlichen Helden verklärt wurde, obgleich der 1772 Geborene zum Zeitpunkt seines Todes durchaus schon nicht mehr als so jugendlich gelten konnte. Bestimmte Kreise, darunter der König, konnten also im Tod des Prinzen auch eine gewisse Entlastung von dessen beunruhigendem Wesen, seinem Widerspruchsgeist, den intimen Abenteuern, den künstlerischen Ambitionen und so weiter sehen. Die Frage, ob neben der persönlichen Niederlage im Kampf auch noch andere Momente zu dem überraschenden Ende des Prinzen geführt haben könnten, ist demnach durchaus nicht unberechtigt, sie wird aber wohl nie vollständig zu klären sein. Offensichtlich ist das Schicksal des Prinzen durch das Wirksamwerden objektiver und subjektiver Momente herbeigeführt worden, also primär durch die Überlegenheit der französischen Strategie und Taktik schon bei diesem ersten Zusammentreffen mit den Preußen. Zu gleichen Teilen ist der Tod des Prinzen aber auch ein Ergebnis des militärisch folgenreichen Eigensinns von Louis selbst, der sicherlich durch mancherlei höfische Ränke noch herausgefordert worden war.

Dabei kann man mit Gewißheit urteilen, daß der mitunter ungebärdige, unbequeme «Genieprinz» kein Revolutionär geworden wäre, kaum auch ein entschiedener Anhänger der preußischen Staats- und Militärreformer in Gestalt von Stein, Gneisenau, Scharnhorst und anderen. Überhaupt mag Louis Ferdinand in diesem Jahr 1806 selbst schon gespürt haben, daß er den Höhepunkt von Leben, Liebe, Lust – auch im musikalischen Schaffen – überschritten hatte. Ein heldisches Ende mag ihm als bestes Finale erschienen sein.

Der Franzose Guindey, der den Prinzen tötete, erscheint im Roman – gedacht zugleich als Symbolfigur der Armee Napoleons – um einige Jahre älter und an Erfahrungen reicher.

Werner Neubert

INHALT

Für die freundliche Bereitstellung
wertvoller Dokumente
danke ich dem Direktor
des Thüringischen Heimatmuseums Saalfeld/Saale,
Herrn Gerhard Werner.

Für die fachkundige Beratung zum
musikalischen Schaffen
von Louis Ferdinand Prinz von Preußen
bin ich Herrn Dr. Gerhard Belkius
zu Dank verpflichtet.

ISBN 3-327-00135-9

2. Auflage, 1987

Lizenz-Nr. 5
Printed in the German Democratic Republic
Satz: Karl-Marx-Werk Pößneck · V 15/30
Druck und buchbinderische Weiterverarbeitung:
Offizin Andersen Nexö, Graphischer Großbetrieb, Leipzig III/18/38
Lektor: Friedel Hohnbaum-Hornschuch
Schutzumschlag, Einband und Illustrationen: Harry Jürgens
Typografie: Ingeburg Zoschke
LSV: 7001
Bestellnummer: 746 818 8
00630